雙向禁錮 下

作者 尾巴Misa
插畫 葉長青

Contents

第一章 清醒

明明不算昏暗，甚至可以說是亮得刺眼的日光燈，但看在我的眼中，不知道為什麼十分昏暗。

睡睡醒醒了好幾次，做了不少次夢，但卻更能夠讓我感受到，這裡是真正的「現實」。

在我每次睜開眼睛後，都會有人去通知古子芸姊姊過來。她會帶著擔憂的眼神看著我，但卻又會拿著針筒往我身上的軟管注射，很快的我便會再次陷入沉睡。

在夢中，我會又回到那保健室裡頭，看著窗外走廊上的怪物奔馳，他們發出刺耳又令人不悅的嘻笑聲，我有時候會摀住耳朵大叫，有時候還會帶到現實來，隨著我的大吼，又會換來藥物的鎮定。

不知道經過了多少次、多少天，當我醒過來後，終於不用再被注射藥物了。

古子芸姊姊靜靜地坐在我面前看著我。

我也凝望著她，沒有吼叫、沒有疑問，就只是靜靜地看著。

身邊的儀器發出的聲音都已經成為了我的日常，像白噪音一樣自然，我平靜地接受自己是任人宰割的魚肉，沒有任何反應。

「向湇，你認得我嗎？」古子芸姊姊開口，她的聲音和我腦中的那位高中生古子芸很不一樣，與我記憶中的也不一樣。

或許是因為年紀的關係，又或者是太久沒見到她，我擅自幻想了她的聲音罷了。

「向湇？你聽得見嗎？」

她見我沒有反應，又問了一次。

我想點頭，但是覺得毫無力氣，雖然我的頭沒辦法自由轉動，但我多少可以看見自己的胸口，明白自己骨瘦如柴，我想身上的其中一條管子，大概是注射營養的吧，否則看我這副模樣，實在難以想像我是個還活著的人。

古子芸姊姊大概發現了我的難處，給了我一個溫柔的笑容。「如果是肯定的話，就請眼睛上下看，若是否定，就請左右看，這樣可以嗎？」

聽聞後，我的眼睛上下擺動了一下。

「那就好，首先，你覺得身體怎麼樣？還好嗎？有沒有哪裡不舒服？」

我沒有任何回應，這樣的問句是要怎麼回答？

古子芸姊姊也發現了，她尷尬地一笑，雖然她看起來已經是熟女了，但還是有迷糊的地方。

這讓我想起很久以前，我還住在她家隔壁時，有一次我又沒帶鑰匙在一樓等，從大學下課回來的她一見到我，搖頭嘆氣的說：「你怎麼又忘記帶鑰匙了？」

我沒有回話，低著頭看著自己已經破掉的布鞋。

「算了，就一樣先過來我家吧。」她打開背包找著鑰匙。「嗯？奇怪？」

她甚至還把背包裡的東西都放在一旁的機車坐墊上，最後翻遍了整個包包，都沒找到鑰匙，她張著嘴呆滯了，眼珠子轉動著，然後忽然拍了一下自己的額頭。

「我好像出門前放在玄關忘記了。」她尷尬一笑。

「姊姊，妳也是很迷糊啊。」還是小學生的我這麼回應。

「臭小鬼，可別開大人的玩笑。」她作勢想要揍我，但我卻下意識地一縮。見到我這樣的反應，古子芸姊姊愣住，她放下了拳頭，抿了一下唇後，開始把坐墊上的東西一股腦地倒回了背包裡。

「走吧，在這等也不是辦法。」

「走……走去哪裡？」我認為自己必須要在這等到爸媽回來才行，否則會有很可怕的後果。

「就附近餐廳等囉。」古子芸姊姊說得輕巧，背好了背包就轉身，見我沒有跟上又回頭。「你不走？」

「我在這裡等就好。」

「又不知道你爸媽什麼時候回來。」

「我在這裡等就好。」

「現在是夏天欸，又沒有遮蔽物，你想中暑嗎？」

「我在這裡等就好。」

她嘆了一口氣，又走回了我面前，一臉嚴肅。「小鬼，你聽好了，我知道你們家的狀況，我也知道你不想要惹麻煩。」

我緊握著自己的書包背帶，看著自己的腳尖。

「所以說，假設你在這邊等，結果等到暈倒呢？現在才中午，你爸媽要凌晨才會回來吧？先別說時間有多長，或是有沒有其他大人看見你一個小孩在這邊前來關心。」古子芸姊姊雙手叉腰。「要是你暈倒了，一定會有人叫救護車吧？將你送到醫院以後，醫生一定會發現你身上的傷口吧？」

這句話讓我動搖了，我的不安也在古子芸姊姊的面前一覽無遺。

「……」

「所以說，反正你爸媽也凌晨才會回來，你現在就和我一起去吃東西，傍晚再去樓梯間等，也不會被發現啊。」

不得不說，古子芸姊姊的提議十分有吸引力。

「但是……我沒有錢……」

事實上，我連早餐也都沒有吃，爸爸和媽媽根本不記得有我的存在……大概吧。

「笑死人了，哪有小孩子跟大人吃飯需要付錢的！」古子芸姊姊一把抓住我的手。「走吧！」

我彷彿就這樣被她拉到了陽光之下，這烈日對我來說並不悶熱，而是如溫暖的曙光般。

我看著古子芸姊姊的背影，還有那隨風飄動的馬尾。

在那個時候，我真的覺得，她就是我的救贖。

我已經忘記我們去了哪裡，又吃了什麼，只記得那個下午對我來說就像是美夢一樣，我從沒過得那麼舒服自在過，吃東西時竟然不用擔心身後可能會飛來酒瓶，或是手掌印。

但是，我也明白自己不能習慣這樣的地方。

因為，我終究是要回到陰暗處的，所以我不能期盼陽光。

「向清，你在想什麼呢？」古子芸姊姊的臉在我眼前，我失神了。

「我又這樣問了，讓你沒辦法回答。」她嘴角一扯。「但是向清，你真的一點聲音都發不出來嗎？你的聲帶並沒有問題，剛才也喝了些水了……或許……嗯……你對於自己為什麼會被這樣……我姑且說是『限制行動』好了，你對於自己現在的這個模樣跟狀態，有什麼頭緒嗎？」

我的雙眼左右晃動，我什麼也不記得。

「那……你在那個『夢』之中，看見了什麼？」

古子芸姊姊的問題讓我陷入沉思。

我並非不記得那奇特的夢，但那些夢對我來說就像是真實發生一樣。

這些日子雖然我睡睡醒醒，腦子也不能說是太清楚。

但我還是多少意會到一件事情，那就是處在這裡的我，姑且就稱這裡為實驗室好了，這實驗室和我的夢境一定脫離不了關係。
他們讓我做那些充滿殺戮與死亡的夢是為什麼？
政府實驗？但我應該沒有被政府盯上的理由啊。
加上古子芸姊姊也在這裡，從周邊的人的反應看來，她很明顯是這場實驗的領導者，可是她卻問我在夢裡看見什麼。
她是不知道，還是試探？
但仔細想想，發生在我腦子之中的夢，他們也沒辦法看吧。
所以，她是要確認實驗是否成功嗎？
「……」我張開嘴想說話，古子芸姊姊也傳來了期盼的眼神，但我努力想發出聲音，聽到的只有「啊」之類的無意義發聲。
「不要著急，向淯，不然先跟著我念，『向、淯』。」像是在教小朋友一樣，她的嘴型誇張地張開又闔上，要我跟隨著她先做出嘴型，再發出聲音。
但不得不說，這一招的確蠻有效的。
「向……淯……」因為我確實發出了聲音。

「太好了！」古子芸姊姊眼眶含淚，十分感動。

「姊姊……」成功發出了第一次聲音後，就像是被打通了任督二脈一樣，能夠順利說話了。

「我在這裡！」

「我的口……有一點渴。」

「好，我拿水給你！」古子芸姊姊趕緊離開了實驗室，而我也趁著這時候練習發聲。

「我是向清，我不知道自己今年幾歲，不知道這是幾年，不知道昏迷多久，不知道夢裡那些人在現實中過得如何……」我喃喃自語著，很快的前方自動門再次打開，古子芸姊姊拿著插著吸管的玻璃水杯。

「小心，慢慢喝。」她把吸管溫柔地放到我的唇邊，感受到溫熱又順滑的水滑過我的喉嚨。

喝了一大半後，我才往後退了些，她將水杯放到一旁的檯子上，坐回原本的位置，雙手放在膝蓋上看著我。

「這些東西……能解開嗎？」全身的束縛，讓我覺得自己像是精神病患者或是危險人物一樣，非得被這樣綁著才行。

「……我想應該是沒關係。」她這麼說，並對著某一個角落上方點頭，我才意識到那邊有監視器。

過了一會兒後，幾個人走了進來，他們似乎對於解開我的束縛感到擔憂，小聲地在古子芸姊姊的耳邊不知道說些什麼。

「沒關係，他沒有危險。」古子芸姊姊回了幾句話，但我只聽到這句。

所以，我是個危險的人嗎？

那些人不情願地鬆開了我的束縛，但還是將我的雙腳銬在一塊兒，不過至少調整了床的角度，讓我躺平了，並且雙手可以自由活動，感覺還是差很多的。

等到他們出去了以後，古子芸姊姊將椅子推來我的床邊。「抱歉，最多只能到這樣。」

「我……為什麼會在這裡？」

「你最後的記憶是到哪邊呢？」
「我……跟老闆提了辭呈，打算要一個人旅行一段時間……」
「那你有去旅行嗎？」
「我還沒出發，我好像在整理行李，然後有人敲門……」我感覺到有些頭痛，扶住了自己的頭。
「敲門以後呢？」
混亂、雜訊、劇痛，我想不起來，也沒辦法說出具體。
「我不知道，姊姊，我的頭好痛……」
她溫熱的手覆蓋到我的額頭上。「向清，沒事的，沒關係，不用勉強想起來，這些應該都是後遺症。」
「這是……」
「我們原本的計畫是，希望你能夠在夢中還原一切，但實驗出了差錯，你的腦中世界變成了你曾看過的一部小說，即便該登場的人物都出現了，卻錯失了最關鍵的地方，之所以沒有強行把你喚醒，是因為他們離開的方式還是一樣。」

姊姊說的話我聽不明白，但是她的聲音輕柔，手心的溫度剛好舒緩了我的頭痛。

「向淯呀，你提出離職並要去旅行，那已經是五年前的事情了。急遽的敲門聲音，是警察……他們是要去逮捕你的。」

我還來不及為時間已經過去五年感到震驚，馬上又聽到更驚人的事情，警察要逮捕我？我做了什麼事情？

「向淯，對於過去，你自己的記憶又記得多少呢？」

「我幾乎都記得啊……唯獨警察敲門之後的事情我都想不起來，還有這五年也……」

「那關於高淑君、林天益、羅小旻他們這幾個人呢？」

「他們就是我曾經認識的人啊，但是我都不熟……而且他們也出現在我的夢裡……死法還都……」

「向淯。」古子芸姊姊握住我的手，我感覺到她有一點顫抖。「醫生認為你患有解離性失憶，所以你在那段時間做的事情你都不知道，也沒有自我約束的能力，但也因為如此，他們才沒辦法知道事情發生的過程……也許罪證足夠定論你的罪惡，但是家屬們還是想要知道，社會輿論也極欲知道真相。於是找上了我們……」

「姊姊，妳在說些什麼啊？」我感受到神經末端傳來冰冷，一路涼至我的脊椎，凝聚在後腦杓，讓我感覺一陣暈眩。

「我們的職責是，知道那些被害人到底是怎麼死的，所以才讓你陷入記憶之中，以為會得到答案，但一開始的走向就不對……找不出到底是哪個人員疏失，可總之，最後每個人的死法都一樣，我們甚至可以看到一點黑色人影出現的模樣，多少還原了一點點……」古子芸姊姊吞了口口水。「現在你醒過來了，還記著那些夢就好，我們可以慢慢的引導，還原每一件案發經過……」

「姊姊，我聽不懂，妳這意思是……！」

她難受地抿唇，才扯了一個勉強的微笑。

「向淯，你自己應該也多少猜到了吧？你夢見的人，都是你現實生活曾經接觸過的人們，他們最後都被殺死了對吧？」

我艱難地點頭。

「在夢裡，出現的那黑色人影，就是你，向淯。」古子芸姊姊眼眶含淚。

「你殺了他們所有人。」

我……殺了所有人？

這怎麼可能？

我怎麼可能會殺人！

「不、不……我並……」

腦中的所有景象開始奔馳且凌亂，那些在走廊跑的怪物們，手裡拿著各種利刃武器，還有在夢中那些不可能的狀況，那些黑影，每當有人死去時我的記憶卻空白，還有當我毆打楊千莫、攻擊鄭一濬的時候，在心中一閃而過的喜悅……

不！我不是！我沒有殺人！我也不愛殺戮！

嗶嗶嗶嗶。

「向清！你冷靜一點！」古子芸姊姊緊張地站起來，拿起一旁的針就往我手上的軟管注射，過沒多久我感受到一陣暈眩，身體也逐漸放鬆下來，那些儀器惱人的聲音也逐漸遠去，在我睡去以前，看見一群人跑了進來。

「向清！你的夢境，我們都看得見！」

古子芸姊姊彷彿這麼說著，最後，我閉上了眼睛，眼前一黑。

我想那一針大概是鎮定劑，所以我睡著了，然後做夢夢見過去的事情。

我像是回到了幼稚園時期，可是我的視線卻像是第一人稱般，並且還能真切地感受到觸感。

與其說是做夢，不如說像是跑馬燈。

客廳傳來碗盤打破的聲音，接著是劇烈的聲響：「馬的！死女人！」，以及不堪入耳的髒話。

「罵我死女人？你什麼東西啊！」接著是女人高分貝的尖叫，以及更沉悶的碰撞聲音。

我躲在衣櫃的角落發抖，這種事情明明司空見慣，但每一次我都還是會嚇得顫抖。

這裡塞滿了東西，四周都有衣服包圍著，且在衣櫃裡面，那些爭吵的聲音也不會太過明顯，讓我覺得很安全。

爭吵著的就是我的父母，雖然他們根本不配為人父母，但對當時的我來說，他們就是我的天地，我的世界。

他們每次吵架的時候都會摔東西、砸東西，有時候我都很好奇，明明每天摔、常常砸，家裡怎麼還會有這麼多碗盤呢？

碰！

這一聲，是家裡鐵門被用力關上的聲響，也同時宣告著接下來的命運。

「死小鬼在哪裡？給我出來！」

來了！

每當父母吵到一個段落，其中一方離開家後，就輪到我了。

換我成為出氣筒。

沉重的步伐傳來，像是宣告死神的喪鐘般，他用力打開了衣櫥的門，不費吹灰之力就找到我。

「臭小鬼，躲在這啊！」爸爸抓住了我的頭髮，將我從裡頭拖出來。

我感覺到自己的腳有瞬間騰空，頭皮也傳來劇烈的疼痛，因為他時常這樣抓著我，讓我的頭頂有部分的頭髮長不出來。

「馬的，就是有你這東西，才會讓我們日子這麼難過！」他用力把我丟往地上，然後腳舉起來就是一陣踢。

我用手擋住他的攻擊，但是不喊不叫也不哭，因為那些都沒有意義。

忘記是從幾歲開始，接受了這樣的毆打是我的生活日常。

一開始我還會擔心，會不會不小心就被打死了，但一段時間後我會想，就這樣被打死也好，這樣我就可以從這人間地獄解脫。

可是不知道是人太過堅固，還是說父母很懂下手的位置，那些皮肉痛就只是皮肉痛，不會傷害到重要器官又或是致死。

所以雖然我的身上時常布滿傷痕，需要穿著長袖遮掩，但在老舊公寓裡頭的隔音使得鄰里沒有祕密，大家都知道這有對愛吵架的夫妻，以及一位受虐的孩子。

可是沒有人要去管，因為那對夫妻並非善類，也時常有複雜人士出入我們家。

我曾經幾次看見家中煙霧瀰漫，大人們往自己的身體施打針劑，就算年幼無知不知道那是什麼，卻也明白絕對不是好東西。

有一次，一位叔叔強迫我也吸一口他們正在吸食的東西，我不從，卻被爸爸用力從後面打了一下後腦，就這樣吸入了幾口，嗆得差點無法呼吸，大人們卻大笑起來。

我就像一隻任憑宰割的小動物一般，生存全操控在他們手中，他們看著我，不是看著一個人、不是孩子、不是他們的血肉，而是一隻小昆蟲，只要一腳就能踩扁。

但即便如此，他們還是我的爸媽，是那時候的我，最需要的存在。

「你又去跟哪個野女人混了？」

「還說我？妳不也跟哪個少爺開房間嗎？別以為我不知道！」

「我先看見你去開房間才去的，少在那邊含血噴人。」

「哇，還會說成語耶，少爺教妳的嗎？」

又來了，父母又開始吵起來，我趕緊放下作業，然後躲到衣櫥之中。

他們摔東西，巨大的聲響在凌晨傳遍巷子，不知道哪一戶鄰居忍不住報警了，警察過來說了幾句，他們停了下來。

「向清，出來。」

接著，他們喊了我的名字。

我顫抖地走出衣櫥，來到客廳，這裡一片凌亂，地上充滿碎裂的瓷器，一不小心就會割傷。

該不會輪到我了吧？

他們要一起打我嗎？

「把這裡整理一下，我跟你媽現在要去製造弟弟妹妹。」

「一個還不夠受？還要第二個？我可不想。」一名為媽媽的女人笑著。

「不想要的話，就打掉啊！」

「說得輕鬆嘿～～」

我搞不懂他們，上一秒大吵到像是要殺了對方，鬧到警察都來了，可是下一秒又笑嘻嘻地勾肩搭背的進去房間。

他們關上了房門，發出了激烈的聲音，媽媽不斷叫喊，爸爸也在叫囂，那聲音和吵架不同，但我也討厭那種聲音。

我一個人在空蕩的客廳，蹲在地上撿那些碎片，光著的腳被割傷，赤著的手也流了血，但我卻覺得很輕鬆。

只要在這裡撿拾碎片，流點血又怎樣呢？總比被打好吧？

我如此慶幸著。

在學校，老師和同學幾乎也都把我當空氣，畢竟多一事不如少一事，他們會睜一隻眼、閉一隻眼。

或許有人會質疑，為什麼周邊的大人都沒有幫助我呢？

像是報警、一一三或是社福單位？

因為，大家會害怕呀，怕被爸媽找麻煩。

曾經有人要幫助我，對方報警了，可是沒有那麼容易，因為我說我是在學校被人欺負，這些傷痕都是自己弄的等等。

事後，報警的那個人被爸爸和他朋友打了一頓，這件事情在我們這區傳開，就更不會有人願意幫忙了。

而我是真的想脫離父母嗎？我的感覺有時候其實很複雜。

對我來說，人生第一次稍微地感受到希望，是古子芸姊姊第一次和我搭話的時候。

我永遠記得那一天的午後，太陽毒辣，我依舊穿著長袖來遮掩身上的傷痕與瘀青，但回到家卻發現自己沒有帶鑰匙。

小時候還沒有手機，即便有，打了他們也不會馬上回來，所以我只能站在門口等。

以前也發生過類似的事件，那時候經過的鄰居看我可憐，還邀請我去他們家吃飯，可是當父母知道後，就氣沖沖地去敲著他們大門喊：「別再多管閒事管我家的孩子，自以為高尚施捨是不是？」

鄰居還無故被打了，自從那次以後，只要我再忘記帶鑰匙，他們也會當作沒看見，剩下竊竊私語的聲音。

我不怪他們，畢竟誰想惹得一身麻煩呢？而且說起來，我又真的想被救贖嗎？

比起離開父母，我更想待在他們身邊。

這是為什麼呢？雛鳥心態？我也不知道。即便到了長大以後，我也很難理解自己當時的想法。

即便如此，偶而，我還是會憧憬外面的世界，但也就是短短一瞬間罷了。

那一天午後，我遇見了提早下課回來的古子芸姊姊。

我知道她是住在我們對面的鄰居，是個有出息又厲害的大學生，念的好像還是醫科。

我聽爸媽說過：「對面的不知道在囂張什麼，自以為有個考上醫學系的小孩很了不起嗎？」之類的話，大概就是以後要當醫生的意思吧。

「不然你到我家等到你爸媽回來吧？」知道我忘記帶鑰匙後的古子芸姊姊如此提議，我點頭答應，但馬上想起其他人的下場，於是又往後一縮，搖頭。

「你是擔心你父母嗎？」古子芸姊姊鏡片後慧黠的雙眼一針見血地看穿我在乎的事情。

「放心，他們不會知道的。」她笑著說，並摸了我的頭。「我大概知道他們幾點回來，在那之前你出去坐在門口就好，接下來你不說、我不說，就沒人知道了啊。」

我猶豫著，古子芸姊姊已經打開了鐵門。「走吧。」

那個午後，我們站在炙熱的陽光之下，她打開鐵門後映入眼簾的一樓樓梯間昏暗無比。但我卻覺得，她正帶我走入的地方，一點都不黑暗。

所以我鼓起勇氣踏出腳步，跟上了古子芸姊姊，那大概是我這輩子做過最正確的決定。

***

古子芸姊姊的家十分樸實溫馨，沒有過多的裝潢，所有家具幾乎都是木頭的，散發著一種好聞的香味。

電視櫃旁邊充滿一家人的合照，還有古子芸姊姊從小到大的照片，我站在那看著這些對我來說相對陌生的東西。

「怎麼了？」她端著茶和餅乾來到客廳，見到我依舊背著書包站在原地，便過來拉了拉我的手。

「過來這邊坐吧，吃點小東西。」她看了一下手錶。「我爸媽今天回去老家了，所以只有我們兩個，吃晚餐前先吃點點心吧。」

「妳跟我一樣是一個小孩，但是卻很不一樣……」

她轉了眼珠，似乎在思考我說的話，接著「啊」了一聲。「你是說獨生子女嗎？嗯，我是獨生女沒錯，我爸爸是大學教授，我媽媽是小學老師。」

是好人家啊……這世界真不公平，有人可以生長在這樣的家庭，有人卻生長在我這樣的家庭。

但我趕快搖頭，甩掉這樣負面的想法，坐到沙發上拿起餅乾。「妳怎麼會知道我爸媽什麼時候回來？」

「他們回來的時候都很吵，絕對聽得到聲音。」古子芸姊姊比了一下陽臺玄關處，我隨即聽見樓下有人用鑰匙打開了鐵門，接著是碰的一聲關上鐵門的聲響，再來則是爬上樓梯的腳步聲。

「瞧，隔音很差的。」

我露出明白的神情，也理解到平時我們在家的時候，那些謾罵與責難有多大聲。

我輕咬了餅乾，那味道是從未嘗過的美味，一旁的冰涼牛奶也潤喉得宛如甘霖，瞬間不知道為什麼，我熱淚盈眶。

忽然間，我就這麼哭了起來，一邊哭，一邊拿起餅乾往嘴裡塞，一片又一片，吃得滿地碎屑，手指頭也沾滿粉，拿起牛奶一陣猛灌，結果一口氣噴出了許多，古子芸姊姊拿了衛生紙給我，還細心為我擦拭，但我又急忙地吃起了餅乾，她沒有制止我，靜靜地看著我在短短的幾分鐘以內，把桌上的一切都解決掉，而且還是用邊哭邊爆吃的狀態。

「向淯，還要不要一盤？」她喊了我的名字，而我一愣，她怎麼會知道我的名字。

「還是說我煮水餃？家裡只有水餃。」

但我不也知道她叫做古子芸嗎？在老舊不堪隔音又差的公寓裡面，是沒有祕密的。

「嗯，謝謝姊姊。」

「向淯，以後有什麼需要，都可以來找我。」古子芸姊姊微笑，伸手摸了一下我的頭。

「我不會讓你爸媽發現的，所以你不需要擔心，這是我們的祕密。」

或許是她身上那份甜美又溫柔的特質吧，讓我覺得好放鬆。

「嗯，我們的祕密。」

我度過了很美好的時光，那一天一直到午夜，爸媽才醉醺醺的回來。

因為害怕自己錯過了父母回來的時間，我穿好了鞋子背好書包，做好隨時都能離開的準備，聚精會神地坐在玄關側耳聆聽巷弄間的聲響。

但時間實在太晚了，加上長時間集中精神的關係，最後疲勞的速度比想像中快，我便坐著睡著了。

我夢見自己在家裡面，地板上又是一片狼藉，而我站在碎片之中，腳底板因為踩到碎片而滲出血。

「向淯，醒醒。」半夢半醒間，我被古子芸姊姊搖晃著。「你爸媽回來了，快點醒來。」

我瞬間睜大眼睛，聽見樓下傳來爸媽大聲的笑鬧以及叫嚣，立刻跳起來就要往外衝。

「他們還在巷口，不用擔心。」古子芸姊姊叮嚀，然後拿了衛生紙擦去我臉上的食物殘渣以及眼屎。

「記得要演出很餓，很睏的模樣喔。」古子芸姊姊微笑。「下次見了，向清。」

「謝謝姊姊。」我說，然後離開了她們家，古子芸姊姊站在紅色鐵門對我揮手，然後輕輕地關起內門。

而我意猶未盡地回想著剛才的短暫的幸福，還有睡得安穩的覺……雖然做了一個怪夢。

但，剛才發生的一切無疑是一場美夢。

鐵門開啟，嬉笑的聲音迴盪在樓梯間，他們，是我的惡夢。

原生惡夢。

我赫然驚醒，喘著氣看著四周，發現自己並不是在那個陰暗的樓梯間，身上也沒有什麼傷痕。

自己正在實驗室裡頭，不同的是，現在已經沒有把我五花大綁地立起來，而是好端端的躺在病床上。

我企圖想起身，可是全身都沒有力氣，仔細一看，手上還是插著管子，而身體與頭部都連接著一些機器線路，一旁的機器持續發出聲響，看起來應該是心電圖或是腦波之類的，我也不清楚。

「有、有人嗎……？」

我發出聲音，意外地比之前順暢了許多。

天花板角落的監視器轉動著，我明白他們發現我醒了。

果然，沒多久就有些人從自動門那進來，他們帶著好奇的雙眼打量著我，宛如我是一個實驗品一般……啊，我會不會真的就是實驗品？

這裡不像是正規的醫院，我也沒有印象最後自己是發生什麼事情才有需要住院，所以我會在這看似實驗室的地方，或許真的就如同我所想的，我是實驗品。

但又是為什麼，我會被當作實驗品？

我有什麼好值得被研究的地方？

「向清，你醒來了！」古子芸姊姊從自動門外走進來，她沒戴口罩，所以可以很清楚看見她的表情，清楚展現著對我的擔憂。

所有人都讓了一條路給古子芸姊姊，她果然是這邊的負責人。

「我、我為什麼會在這裡？」

「向淯，你先別急，喝一點水吧。」她說著，一旁的人立刻拿來了盛著水的玻璃杯，她將吸管放到我的嘴邊，我立刻大口地喝了好幾口，還差點嗆到。

「咳咳！」劇烈的咳嗽牽動我的肺、橫隔膜乃至胃，讓我剛才喝進去的水差點又要吐出來。

「向淯，慢慢來，一切都慢慢來，不要著急。」古子芸姊姊又講出差不多的話，而我注意到其他人面面相覷的微妙表情。

「姊姊，我到底為什麼……」

「我會慢慢跟你解釋的。」她往後頭稍微頷首，那些人便也在點頭後魚貫離開現場。

再次，這裡只剩下我們兩個，但天花板上的監視器正監視著我們的一舉一動。

「向淯，你覺得自己今年幾歲？」

「我不知道，我的記憶好混亂。」

「那你就想一下……根據最後記得的事情，推算一下呢？」

「我……？」我記得好像剛離職，想要轉換跑道，所以應該是……「我已經二十八歲了……」

「你再仔細想想？」

我搖頭。

但是……如果我是二十八歲，那古子芸姊姊大我十多歲，她大概也是四十歲左右，她依舊很漂亮沒錯，但是那模樣看起來……不只四十歲。

之前因為太混亂，所以沒有仔細觀察過，仔細一瞧，這邊的機器，和我在電視上看過的都不太一樣，就連頭頂的監視器也不是我所熟悉的模樣，只是因為它在角落，所以我下意識地認為它就是監視器。

「古子芸姊姊……時間……過去多久了？」

她露出了一抹算得上是欣慰的微笑，我知道自己問對了問題。

「我今年已經六十五歲了，向淯。」

「六、六十五？」我非常震驚，姑且不論時間與我認知的差距有二十多年外，就是姊姊外表根本看不出來有這樣的年紀。

「那我不就……」

「你也四十多歲了，向淯。」古子芸姊姊給了我一個微笑，似乎是要安慰我一樣。

「那我是從二十八歲昏倒到現在嗎？」

「呵，你怎麼會得出這樣的結論呢？」

「因為……不然我最後的記憶怎麼會在二十八歲？」

「因為後面的記憶消失了。」古子芸姊姊扯了一個淡淡的微笑。「這也是你為什麼在這裡的關係。」

「我是……實驗品嗎？」我終於問出了這句話。

古子芸姊姊先是一愣，接著嘆了口氣，然後點頭。

「是的，向淯，你失去了記憶，所以被送到這裡來，要我們找出記憶。」

真實聽到肯定的字句，還是覺得很衝擊。

「我、我是什麼偉大還是有影響力的人嗎？不然為什麼一個市井小民失去了記憶，還被勞師動眾地送到這裡來？我的記憶有這麼重要嗎？」我忍不住自嘲，邊笑邊說。

可是隨著古子芸姊姊的表情變化，還有我那密室殺人的夢境，我越來越不安。

「是誰送我過來的……？在這裡……這些昂貴的機器，價值不菲吧？誰要這樣送我過來，幫我付錢？」

「向淯，你不要心急，我會好好解釋給你聽。」古子芸姊姊的手覆蓋在我的胸膛上。「但是，你沒有自己想起來以前，我不會說的，因為這樣會影響到你的記憶，所以你只要放輕鬆，把一切交給我就好。」

「可是……」

「你相信我吧？向淯？」

我看著古子芸姊姊的雙眼，就算面容改變，就算時間已經過去這麼久，但是她依舊是我記憶中那個隔壁的姊姊，那個唯一對我好、唯一信任我的姊姊。

所以我當然……

「我相信妳。」

無條件的。

「嗯，這樣就好。」她露出了微笑，十分熟悉。

「第一場夢，是送你來的人在確認我們的能耐，是否能做到還原你的記憶百分之百沒有誤差，等於是他們在確認。」古子芸姊姊說著，一邊調整我身邊的點滴劑量。「再來，你剛才做的那些夢，是你的人生真實發生過的場景，我們到達了你的海馬迴，將你記憶深處、連你自己都遺忘的過去，透過畫面呈現出來。」

「呈現？像是播放電影那樣嗎？這辦得到嗎？」

「現在辦得到，應該說，我們辦得到。」古子芸姊姊露出了自信的神情。

「這裡，是我的實驗室，我們專攻研究人類腦中的神經、記憶等。」

古子芸姊姊說，人腦是一個神祕的地方，大多數的精神病，都是腦部有所病變，她從大學就開始研究這一塊，一路走來這麼多年，他們已經研究出了心得。

雖然還沒辦法百分之百理解大腦的全部，但是已經比我所認知到的過去向前了很多。

所以，到底是誰，要從失去記憶的我的腦中，找出所有事情的真相？

而到底又是什麼樣的記憶，讓對方願意花上這樣的時間、這樣的金錢，只為了得知真相？

我的腦中，到底有什麼，連我自己都想不起來的過去？

自從去過古子芸姊姊家後，我們也慢慢養成一種默契，每當我又得在外面等待父母回來時，古子芸姊姊就會很神奇的在那一天剛好回來，然後她會看著我，接著打開一樓的鐵門，而我就會靜靜地跟上去，去到她的家裡。

我雖然在倒垃圾或是有時候出門時見過她的父母從對面走出來，但是卻從來沒有在我跟著古子芸姊姊回家的時候，見過她的父母。

「因為他們要工作。」有一次我問起她的父母，古子芸姊姊這麼回答。「你應該知道工作的意思吧？」

我點點頭，怎麼可能不知道，我都已經幾歲了。

「呵，可不是你父母那種工作，是正正經經的工作。」

我歪頭，古子芸姊姊似乎覺得自己說錯話了，先是頓了一下，然後又說：「你對你父母的工作，理解到什麼程度？」

「至少知道跟一般人不一樣。」我靜靜地回答。「但是，他們也是為了要扶養我長大，所以我可以理解。」

古子芸姊姊嘆氣。「人家說無論父母怎樣，都是孩子的全世界，這句話還真是不假。」

當時的我聽不懂她的意思，但是總感覺這句話不是在稱讚我。

「不管怎樣，我愛我的爸媽。」

「即便他們打你？」

我一愣，果然大家都知道這件事情。

「因為我不是乖孩子，所以他們才會打我。」我在書本上看過，愛孩子的父母是會教育孩子的，所以我的父母是在教育我，這是他們愛我的表現。

「你哪裡不乖了？」

「我、我沒有打掃乾淨，也沒有把事情做好，還有、還有……」

『你的存在本身就令人厭惡！』

腦中猛然閃過媽媽曾經對我說過的話，這瞬間我忽然覺得呼吸困難，甚至有點想吐。

「噁！」

事實上，我已經吐出來了，把姊姊家的客廳吐得亂七八糟，連她剛才給我吃的水餃也都吐了出來。

「對不起、對不起、對不起！」我瘋狂道歉，喉嚨間的酸味充斥著鼻腔，刺激著我的淚腺，我擔心古子芸姊姊會討厭我，我擔心我再也不能來到這裡。

我擔心，她會變成像我媽媽那樣，舉起手，往我身上打過來。

「向淯、向淯。」

「對不起，對不起，我會馬上清理乾淨，請不要生氣，不要……」

「向淯，你聽我說。」

古子芸姊姊抓住我的肩膀。「看著我的眼睛。」

我緩緩抬起眼，對上她清澈又明亮的眼眸。「聽我說，向淯，我沒有生氣。」

「真的嗎？」

「對，你還好嗎？」她一邊問著，一邊伸手抽了好幾張衛生紙。「要不要去浴室梳洗一下？」

「梳洗？」當時的我聽不懂這兩個字。

「就是去洗臉，整理一下。」姊姊溫柔地笑著。「你不要擔心，在我這裡，不會有人打你，也不會有人罵你。」

她徒手擦去我臉頰上的嘔吐物，再次露出了一如往常的溫柔微笑。「所以，在我這邊，你可以盡情的做自己。」

「做自己？」

「對，做自己。」

這是我第一次聽到這個詞，一樣聽不懂是什麼意思，但是我記下來了，回家後我還特別查了這三個字，雖然沒有在字典裡找到我要的解釋，但是大概懂意思。

在古子芸姊姊家總是能讓我很放鬆，時常吃完東西在客廳看電視，看著看著我就睡著了，然後古子芸姊姊會在聽見爸爸或媽媽的聲音從巷口傳來時，趕緊叫我起床，讓我裝作很餓很睏很累的模樣在樓梯間等待。

有時候因為吃得太飽了，會不小心打嗝，爸媽會露出狐疑的眼神，我則會趕緊低下頭，揉著肚子假裝肚子餓，回到家後，爸媽會丟一些吐司麵包給我。

當我咬著曾經對我而言是救命食物的白土司時，卻覺得此刻吃起來毫無味道，想念的是稍早在古子芸姊姊家中吃到的熱騰騰食物，還有那溫暖的氣味。

我以為這樣還算幸福的日子可以持續好一段時間，但或許是我太囂張了，才會讓老天收回對我的眷顧。

那一天，我一樣在古子芸姊姊家睡著了，但是這一次姊姊似乎也睡著了，因為她並沒有來得及叫醒我。

「向淯！向淯！」她激烈地搖晃著我，我已經聽到她的聲音了，但是我卻張不開眼睛，眼皮十分沉重，身體也是，好像意識跟身體是分開的一樣，我無法控制自己起來。

「向淯！快醒醒！你爸媽回來了！」她焦急地喊，更加用力地搖晃著我。

我也十分著急，但就是張不開眼睛！

「向淯！」她用了更尖銳的聲音喊我，忽然我就像是觸電一樣，猛然睜開眼睛，從沙發上彈跳起來。

「我爸媽回來了？」

「對！他們聲音已經在樓下了！」古子芸姊姊拿起一旁的書包，立刻就穿過我的右手和左手，幫我背好包包。「對不起，我今天很累，不小心也睡著了，錯過了叫你的時機！」

「沒關係，沒關係！」我一邊說一邊急忙來到陽臺的玄關，趕緊穿好鞋子。

不能怪古子芸姊姊，本來就是我該要注意的才對，是我太放鬆，才會得意忘形，就這樣睡得這麼死，連爸媽如此大聲的聲響都沒注意到。

就在我打開門的時候，爸媽也正好從樓梯間走上來，我們四目相接，下一個瞬間，爸爸衝了上來，抓住我的頭髮就往鐵門外拽！

「這是怎樣？妳誘拐我的小孩？」爸爸吼。

「不、我只……」

「唉唷，妳一個女大學生誘拐我們未成年的男孩做什麼？是有什麼性癖好嗎？」媽媽在一旁訕笑，眼裡充滿對姊姊的不屑。

「我只是看見他在外面，所以才找他一起吃飯。」

「吃飯？好啊！難怪我就覺得最近你好像長胖了，原來都在別人家吃過啦！怎樣？嫌棄家裡飯菜不好嗎？」爸爸說完後一巴掌用力拍在我的頭頂上。

「我們家孩子很可憐是不是？幫助他讓妳感覺到高人一等是嗎？很有優越感對吧？」媽媽繼續說著，還上前推了古子芸姊姊一把。

「我沒有，我只是想幫助他。請你們不要這樣對待一個孩子，若是不想養，那就把他送到社會局，不要這樣……」

啪！

巨大又響亮的巴掌聲讓我整個人縮了一下。

話都沒說完，古子芸姊姊已經被媽媽打了一巴掌，那力道之大，讓她踉蹌地往後退了好幾步。

「婊子！誰准妳說話了？妳幾歲啊？乳臭未乾的小鬼也敢教訓我們？還要教我們怎麼做？妳很高高在上是嗎？我就看妳能多囂張！」

話都沒說完，媽媽的手再一次地往姊姊身上打去。

「不要！不要打姊姊！」我大聲地喊，想要阻止媽媽的暴行。

古子芸姊姊這麼瘦弱，被媽媽打得只能節節後退。

「你還有空管別人啊！」一個重擊又往我身上打來。「吃裡扒外的傢伙！看來是我太久沒有教訓你了，你才忘了誰是你老子！」

那一晚，尖叫與毆打的聲音徘徊在樓梯間，直到警察和其他鄰居過來幫忙，爸媽的暴行才被制止。

但是古子芸姊姊傷勢不輕，甚至還被媽媽拿盆栽重擊頭部，所以送上了救護車。

我看見姊姊的父母哭得很慘，他們對著我的父母咆哮，但是我爸媽卻理直氣壯的說：「是妳家不要臉的女兒誘拐我家兒子！我是為了保護我們家的小孩！對吧！向清？」

所有大人看向我，明明我的傷勢也很嚴重，明明警察也在這裡說會保護我，明明警察說了可以把我帶走。

但是爸媽壓在我肩膀上的手是這麼的沉重，彷彿把全世界都壓在了我的肩上。

「對……」

促使我最後只能說得出這句話。

後面混亂的騷動具體怎樣我記不清楚了，只記得爸媽露出的那股噁心的笑容，還有姊姊父母露出背叛又不甘的表情，一堆混亂的尖叫、眼淚、噪音等，將我吞沒。

我睜開眼睛的時候，人在醫院裡面，身體傳來一些疼痛，但這些疼痛都沒有平常在家裡感受到的痛，也就是說，我的傷勢並不嚴重，不知道為什麼會被送到醫院。

從病床上下來，身上還有著點滴針頭，將它拔除以後，一些血滴落在床單上，而我小心地走出病房。

「小姐，妳也拜託一下，是我們家的小孩被他們家的誘拐欸，怎麼能說我虐待孩子呢。」爸爸抓著後腦，大聲地在走廊說話。

「是呀，你們要公平一點，不能因為我們看起來沒讀書，就指控我們虐待小孩。啊小孩隨便進去別人家，不需要處罰一下嗎？」媽媽雙手環胸，跟著幫腔。

「我們當然不是這個意思，但是向淯小朋友的身上有多處傷痕，這些傷並不是一朝一夕造成……」戴著眼鏡的阿姨輕聲細語。

「啊不就還是指控我們虐待！妳要搞清楚欸，誘拐我們家小孩的是隔壁那個女大學生，誰知道她這麼做多久了！那些傷也可能是她弄的啊。」

「是啊，我們孩子不都也說了，是那個古子芸誘拐他的嗎？」

爸媽大聲的咆哮著，使得眼前兩個應該是社會局派來的人有些不知做何反應，直到走廊出現了兩位穿著制服的員警，爸媽才稍微收斂一些。

結論是，在爸媽被追究相關責任以前，古子芸姊姊一家人就決定搬家了。

誰能忍受鄰居是未爆彈呢？

他們趁著白天爸媽都不在的時候搬家，我站在鐵門裡面，看著搬家人員忙進忙出，就是沒見到古子芸姊姊和她的父母。

我會不會再也見不到她們了？

我握緊著鐵欄杆，內心深處湧出了一股難以言喻的痛苦與難過，感覺到鼻子一酸，眼淚就這麼湧了上來。

「向清。」

忽然我聽到了姊姊的聲音，嚇了一跳抬頭，還以為是幻聽幻覺，但是古子芸姊姊正站在我前面，她的頭還有著傷，可是她的表情卻十分平靜，眼神依舊流露出對我的擔憂。

「姊姊！」我立刻打開鐵門，然後衝進她的懷中，緊緊抱住她。「對不起，對不起，都是我的錯……」

我哭了起來，有好多話想要說，但是卻只變成了對不起三個字。姊姊溫柔地撫摸我的頭，並輕拍我的背。

「沒關係的，向淯，我能理解。」她輕輕說著，不斷重複。

姊姊被爸媽控告誘拐罪，而爸媽則被他們控告傷害罪，這一切都是我的錯，我害了好心的古子芸姊姊官司纏身，還被爸媽攻擊，讓她的頭上、身上都掛彩。

一個女孩子，臉上留下疤痕該怎麼辦？

姊姊明明是照顧我，可是卻遭受這樣的對待，而這一切都是我的錯。

「可是、可是都是我……」我哭得泣不成聲。

「向淯，快點長大吧。」

古子芸姊姊在我的耳邊輕聲地說：「雖然消極，但是長大了以後，你就有能力逃離這裡了。」

「我逃得出去嗎？」

「當然可以，只要你長大了，你就可以離開。」古子芸姊姊一樣輕輕拍著我的背，但我從她的懷中抬起頭，看向她的臉。

「我……有辦法長大嗎？」

「……」古子芸姊姊一愣，嘴角勾起了僵硬的笑容。「可以的，向淯，你要保持信心。」

她想給我希望，卻又帶著些許不確定的眼神。

我知道的，或許，我根本沒有機會長大。

又或是，沒辦法成為正常的人。

「等我長大了，就能跟妳一樣離開這裡了吧？」

「但要是我來不及長大呢？」

我的眼淚停不了，對於未來，我沒有任何期望，我看不見任何東西。古子芸姊姊是我唯一的光，但是現在連她都要走了，我的世界還有什麼？

「那……你就期待著奇蹟吧。」古子芸姊姊露出一抹苦澀的微笑。「或許你的爸媽會忽然不見了，這樣你就自由了。」

「會嗎？」我愣住。

「你想要他們不見嗎？」

我搖頭，又點頭，但是又搖頭。

「他們是我的爸爸媽媽……」

古子芸姊姊再次摸了摸我的頭。「我明白，再怎麼樣，都是你的爸爸媽媽。」

「所以向湇啊，快點長大吧。」

這是古子芸姊姊對我講的最後一句話。

從此，我的光，就消失在我的世界了。

我的世界，又變回了一片黑暗。

在某個我又從衣櫥被拖出來的夜晚，我疼痛又寒冷地躺在客廳地板上時，我忽然想起了姊姊的那句話。

等待奇蹟吧，或許爸媽會忽然消失。

第二章 重逢

「向淯，欸，向淯。」

滿臉豆疤的胖大個喊我，即便我想無視，也無法無視。

我的手抑止不了顫抖，雙眼也垂了下去，明明聽見了，但我沒辦法回答，只能用全身的抖動來表示自己確實聽見了。

「瞧他嚇成這樣子，我們明明什麼都沒做！」瘦皮猴在我旁邊喊叫，嗓門大得讓我差點耳聾。

「是還沒做！」胖大個嬉笑著，忽然用力往我的後腦巴下來。「向淯，去買飲料啊，還要我講啊！」

「對啊，每天就是要準時給我們兩杯飲料，有疑問嗎？」瘦皮猴也打了過來。

我顫顫巍巍地從書包拿出兩罐飲料，並雙手奉上。

「唉唷！已經準備好了啊！」

「不錯啊，孺子可教也！」兩個人一邊拿走飲料，一邊又往我頭上巴下去。

今天他們暫時就這樣放過我了，我繼續低著頭看書，班上其他人也裝沒事一般，聊天的聊天、念書的念書，好像什麼事情都沒有發生一樣，又是平靜的一天。

體育課的時候，我穿著長袖外套站在操場邊，等待老師的指令，準備測個人跑步的秒數。

「欸，你們看，向湇又穿著長袖外套了。」

「太陽這麼大也不脫，超怪的。」

「該不會有刺青吧？」

「與其說是刺青，不如說是疤痕，他看起來就像是受虐兒。」

「哈哈哈，說得真好。」

班上幾個女生竊竊私語地笑著，不知道他們是開玩笑碰巧猜對了，還是說即便是對的，她們也覺得我這模樣活該就是受虐兒呢？

我十七歲了，但是我的體重不到六十，因為小時候被爸媽虐待的關係，所以身上還留著一些疤痕。

那些疤痕總讓我顯得很可憐，所以我總是因為自卑而穿著長袖，以為這樣就能保護好自己，殊不知只是讓自己顯得更加可悲。

瘦弱、陰沉、畏縮，使得我看起來活該就是個被人欺凌與排擠的對象。

一開始，班上的人只是不會跟我說話，但當有個人率先主動推倒我，而我卻沒有任何反應後，這一切就開始了。

我認清了自己的地位，反正無論是國中還是高中，我最後都會淪落成被欺負的角色，不如早早接受這個命運，只要乖乖聽話，讓自己不要被欺負得太慘就好。

至於尊嚴是什麼，那能吃嗎？

「下一隊！」體育老師吹了哨音，我站上跑道，看著眼前因為炙熱而扭曲的跑道，彷彿看見兩個人影站在那對我招手。

『向湞啊……來這邊啊……』

『媽媽好痛啊……』

我立刻搖頭，那是錯覺，每當天氣熱到一定的程度，就會看見這樣的幻象，這都不是真的。

「預備！」

我們幾個人彎腰，手指頭扶在地板上，指尖傳來跑道的熱度，汗水順著我的額頭流下。

『好燙啊啊！』

『救命啊——』

這些只是幻聽，事實上他們根本沒有叫，我根本沒有聽到他們的叫聲！

「嗶！」

所有人全力衝刺，我也跟著往前跑。

那兩個燒焦的人還站在那對我招手，好奇怪，這一次他們怎麼消失得這麼慢，我就快要碰到他們了，太過靠近了！

『向湑啊啊啊啊！』

碰！

在他們的尖叫之中，我瞬間軟了腳步，整個人撲倒在跑道上。

「暫停！」老師大喊，幾個同學也跑來我身邊，當我醒過來的時候，已經躺在保健室了。

又是保健室。

我不知道來了保健室幾次，總是用跌倒、摔倒、撞到等理由來掩飾自己遭受到的欺凌，又或是欺騙老師身上過往的傷都是小時候太調皮。

來保健室，還要解釋，大人們總說有煩惱要開口求救，問題是求救有時候一點用也沒有，只會讓我更加痛苦罷了。

「向湑，你醒了啊？」

忽然我一愣，從床簾外面傳來的並不是保健室老師的聲音，而是更……更加懷念、更加熟悉的……

床簾被拉開，戴著眼鏡、長相比過往成熟不少，但卻依舊溫柔的古子芸姊姊就在我面前。

「啊……」

「好久不見了，向淯。」古子芸姊姊朝我一笑，如同多年前一般，在這午後，像是救贖一般發光。

「姊姊，妳怎麼會在這裡？妳怎麼還認得出來是我？你們搬到哪裡去了？」

「呵呵，你一連串好多問題，我要怎麼回答呢？」古子芸姊姊拿起一旁的消毒水往我的膝蓋抹去，那一點刺痛的感覺對我來說根本不算什麼，連眉頭都不需要皺。

「那就慢慢告訴我吧！姊姊。」我看著姊姊的額頭，媽媽留下的傷痕已經看不見了，這讓我放心不少。

我一直好擔心，那疤痕會跟著她一輩子，但好在什麼也沒有。

「我們幾年沒見了？向淯？」古子芸姊姊笑著。「七年還是八年了呢？」

「八年了，姊姊。」

「這麼說起來，你今年是十七歲囉。」姊姊的眉頭一皺。「你太瘦了……」

「我對吃的興趣缺缺……」我乾笑著，所有的食物在我口中都沒有味道。

「……你現在還住在一樣的地方嗎？」

「不一樣了，搬家了。」我扯了嘴角，不想讓古子芸姊姊知道我有多悲慘，所以趕緊轉移話題。「姊姊呢？搬家以後去哪了呢？」

「我們搬到我大學附近，一路念到了博士，畢業以後我因為個人因素，所以暫時支援高中的保健室老師工作……沒想到會遇見你。」

姊姊說，博士學歷畢業的她來到高中的保健室工作，被父母發了很久的牢騷，但根據她的需求，這一趟是必須的。

「什麼需求？」我問，但古子芸姊姊只是微笑著。

「祕密。」她並不打算告訴我，但我也不是真的好奇，畢竟能夠與姊姊重逢，對我來說比什麼都重要。

鐘聲再次響起，我從床上下來。「我要回去上課了。」

「你可以再多休息一節課，我會幫你跟導師說的。」姊姊建議，但是我婉拒了。

「沒關係，下一堂課很重要，一定要去上才行。」我穿好鞋子，對古子芸姊姊揮手。「姊姊，我會再來找妳聊天。」

她露出一個拿我沒轍的微笑。「認真上課是好事，那你快回去吧。」

我帶著笑容關上了保健室的門，但是走回教室的腳步卻逐漸沉重。

我並沒有那麼好學，對我來說沒有什麼課是非上不可的，但我卻有非回去不可的理由。

只是回去的地方並不是教室，我往樓梯的方向，接著走往地下室，這裡煙霧瀰漫，而蹲在中央的男人挑眉。「向清，這麼晚。」

鄭一濬，正叼著菸，用帶著戲謔的眼神看向我。

我嚥了口水，露出陪笑的笑容。

「對、對不起，因為我暈倒了。」

「哈哈哈哈！聽到沒有，向清說他暈倒了。」鄭一濬朝著旁邊笑著，其他人也跟著笑。

「我們家向淯這麼嬌弱，怎麼可以啊？」鄭一濬把菸往一旁丟，站起身朝我走來。「看來得好好鍛鍊才行。」

一聽到他這麼說，我立刻跪了下來，雙手撐在地板，讓出背的位子。

「乖啊，真的是調教好的狗，就是可以這麼乖！」他大笑，一屁股用力坐上我的背，我咬牙撐著，絕對不能手軟，也不能跌倒！

要是跌倒的話，我就完蛋了。

經歷過外人的欺負，才知道父母以前下手居然還收斂過了。

鄭一濬，是我們高中裡頭十足的惡魔，他總是毫不留情的把人往死裡打，但是又沒有真正打死過人。

他的勢力龐大，聽說還有加入外面的幫派，不管是跟老師說或者找大人求助，都一點屁用也沒有。

小時候我就知道，求救，最後都不會換來好結果。

只有兩種方法能解脫，第一就是等待時間，離開這個環境。第二就是加害者死亡。

就跟我的父母一樣……他們死了以後，我才能離開那個地獄。

之後在社工的安排之下，我去到了育幼院，過了一段相對安穩的日子，可是我卻感覺自己在育幼院中格格不入。

這裡的孩子大多都是出生就被拋棄，他們會想念未曾謀面的父母，對他們抱有憧憬，甚至認為父母是逼不得已才丟下自己，總有一天會來把自己接回去。

但是我不一樣，我是飽受了父母的虐待，甚至還不知道那叫做虐待。如果不是發生那場意外，那直到現在我都還是會在父母身邊，過著那扭曲的生活。

但即便如此，我也沒有真正遠離父母的陰影，證據就是，我還是會看見那些黑影。

在鄭一濬坐在我背上的此刻，我看見父母燒焦的形體就站在角落。

『向淯啊……過來這裡……』

『怎麼就只有你逃了呢……』

我不知道這低語和黑影是不是我的幻覺，還是真的是父母陰魂不散纏著我。我只知道，除了我以外，沒有任何人看見，而我也沒打算告訴任何人。

「喂，這個月的呢？」

忽然我的手背被用力的踩了好大一下，我皺了眉頭，聰明地沒有發出吃痛的聲音。

「在、在我的口袋。」

旁邊的人聽見了，手就伸到我的口袋裡搜尋，找到了兩張鈔票後抽出。

「兩千？喂，向湇啊，你是搞錯了還是瞧不起我？兩千？」鄭一濬見到後，嗤笑了一聲。

「因為這個月育幼院給的零用錢有變少，所以……嗚！」

鄭一濬拿起旁邊人手裡的菸，往我的背上壓下，劇烈的痛楚傳來，我忍不住發出聲音。

「那你就是瞧不起我啦，我說的是每個月三千，三千你懂嗎？算數可以嗎？」

「我、我……」

「向清啊，我好失望呢。」鄭一濬站了起來，而我止不住顫抖。

「要是沒有零用錢的話，你也是有別的方式可以拿到錢吧？不會去偷或是去搶嗎？」

「那怎麼可以，那是犯罪……」我反駁，但是鄭一濬卻轉身踢了我一腳。

「所以你是怕警察比怕我多囉？」鄭一濬抬起下巴，我趕緊又坐好，準備承受他第二次的攻擊。

「不、不是，我不是……」

「那就乖乖的，補上那一千……喔不，因為你瞧不起我，所以你要處罰，再補給我三千，知道嗎？」

「三千！我要去哪……」

啪！

響亮的耳光再次傳來，重重地搧在我的臉頰上，我嘗到了嘴裡的血味。

「我看你話挺多的？」

我用力搖頭，旁邊的人不斷笑著。

「這禮拜五以前給我交過來，知道吧？」

離開了這裡，我感覺像是被洗劫一空般，連我的心也是。

『向淯啊……要是我們現在還在，剛才那個人算什麼東西啊……』

『是啊，你爸早就把他們打飛了……呵呵。』

黑影在我身邊跟著，竊竊私語。

我站在走廊邊，朝下方的保健室望了過去。

現在古子芸姊姊就在那邊，我的心靈支柱……我絕對要……保護她。

同時，我也不能讓她知道多年以後，我依舊是那個沒有用的向淯。

所以被欺負的這件事，絕對不能說。

＊＊＊

隨著鄭一濬給的期限逐漸靠近，我也開始慌張起來。

我根本沒辦法去湊到這三千元，更不可能去偷或是去搶，所以我做好了會被鄭一濬打個半死的心理準備。

我甚至想著，就算是他，也不會真的把我打死吧？

要是我被送到了醫院，警察真的過來的話，他也會怕的吧？

我保有這樣天真的想法，決定就這麼辦。反正又不是沒有被打過，我早就習慣了。

可是事情卻沒有我想的那麼簡單。

那是發生在我每天例行會去保健室找古子芸姊姊聊天的時候，當我一打開保健室的門，率先聞到了一股菸味，這是不可能出現在保健室的味道。

「哎呀，向清，這麼巧啊？」

鄭一濬和他的幾個跟班居然待在保健室裡頭，一旁還站著正在給其中一個跟班換藥的古子芸姊姊。

「向清，你們認識啊？」古子芸姊姊將繃帶纏上後，對著我微笑。

「當然呀，老師，我們和向清可是好朋友喔。」鄭一濬不懷好意地笑著，其他跟班們也是。

我知道的，我本能地知道，他們並不是湊巧來到保健室，而是知道我都會過來，才會這個時間出現在這。

「好朋友？你們的類型不太一樣。」古子芸姊姊皺眉，用手在鼻子前搧了搧。「還有你們身上的菸味會不會太囂張了點？這裡可是學校。」

「這樣說我們，真是太傷心了。我們和向淯怎麼會有差別呢？朋友是沒有設限的啊～～」鄭一濬走過來，直接把手攬住我的肩膀。「而且老師這樣是歧視喔，我們可沒有抽菸，這些味道都是沾到的～～」

「我可沒有那麼好糊弄喔！」古子芸姊姊手叉腰。「放開向淯，你們幾個也都出去。」

「哈哈哈，老師真是可愛呢。」鄭一濬雙手舉高，使了個眼色，跟班們便陸續走出了保健室。

「向淯，別忘了禮拜五的約會喔，不然……」鄭一濬不著痕跡地看了一下古子芸姊姊，而我瞬間頭皮發麻。「你懂的。」

他大笑著退出了保健室，而我渾身像是血液被抽乾一樣，站在原地無法動彈。

「向淯，你還好嗎？剛才那個人是怎麼回事啊？」

我回頭，看著古子芸姊姊一如往常的擔憂神情，我知道鄭一濬是認真的。

要是我沒有在禮拜五給他那三千塊，他會來找古子芸姊姊麻煩。

無論他怎麼對我都沒關係，但唯獨古子芸姊姊，他不能碰……

我知道該怎麼讓鄭一濬閉嘴，就是給他錢。

但是給了這一次，還有下一次。

況且他已經知道古子芸姊姊是我的弱點，未來他一定也會利用這一點來跟我要更多的錢。

他明明知道我沒辦法拿到更多錢，卻還是這樣逼我，不就是逼我犯罪嗎？

我握緊拳頭，難道真的……只能去偷了嗎？

要去哪裡偷？

去搶？要去哪裡搶？

我能搶誰？

我感受到眼前一片漆黑，像是回到了小時候的那份絕望。

無論人生走到什麼地方，都只有壞事等著我，這樣的我到底為什麼還活著？

「向淯？」古子芸姊姊喚了我一聲。

「沒事，姊姊，不用擔心我。」我深吸一口氣。「能再次見到姊姊，真是太好了，我一直都想跟妳道謝和道歉。」

「向淯，你怎麼了？為什麼要這樣說話呢？」古子芸姊姊走過來拉起我的手。「有任何煩惱，都跟我說，我已經不是當初那個無能為力的學生了，我是可以幫助你的大人。」

「謝謝姊姊，但我真的沒有煩惱。」

事實是，妳幫不了我的，姊姊。

妳是溫暖家庭長大的孩子，妳生活在正常又不脫離常軌的世界，所以不要和我這種人扯上關係會比較好。

要是我依賴妳了，攀附妳了，那該怎麼辦？

被我這種人纏上的妳，太善良，也太可憐了。

「……好吧，向淯，我不勉強你。」古子芸姊姊握住我的手，這份溫度我一輩子都不會忘記。「但是有任何事情，一定要跟我說喔。」

看著我的光，我想，我活著的目的，就是為了再次見到姊姊吧。

知道她即便在被我父母傷害之後，還是過得很好，有美好璀璨的人生那就夠了。

「一定會的。」

我在保健室又待了一會兒，還因為太放鬆而不小心睡著了一下，醒來後古子芸姊姊不在，留了張紙條寫著她去開會。

不知道是不是睡了一覺的緣故，我的腦子清晰許多。

既然我一直苟活到現在的目的是為了能夠見到姊姊，那現在見過了，也知道她過得很好，我也就可以無悔地離開了。

我脫離父母的魔掌，是在父母死了之後。所以只要我死了，就能真正從這個悲慘人生中解脫了。

頓時，我豁然開朗。

誰說事情沒有解決的方式。

死亡，就可以解決了。

所以我的死亡，對姊姊也是一份大禮，沒錯吧。

我思考了一下，哪裡自殺最好，又能夠給鄭一濬他們一個大震撼。同時也不能白死，至少要讓他們受到警察調查吧。

最後我決定去買把刀子，藏在衣服裡面，禮拜五的時候當他們跟我要錢時，我便會自殘，讓他們每個人身上都沾到我的血。

我對於自己有了這樣的主意，感到非常滿意。

很快的，星期五的期限到來了，鄭一濬的跟班到班上接我，要我跟著他們走。

而班上沒有一個人會伸出援手，但說實在的，也沒有人有必要幫我。

只有我自己，可以幫助自己。

所以我握緊口袋裡面的刀子，今天就是我悲慘人生的結束之日。

跟著他們，我來到了那陪我度過無數痛苦的樓梯間，在樓梯口就能聞到濃濃的菸味，看著漆黑的混沌，我意外的冷靜。

『向湝啊……』

『你要來找我們了嗎？』

我再次看見父母漆黑的身影，他們的話讓我稍微猶豫了一下。

死了以後，靈魂也會在那邊嗎？

該不會從這個地獄掉到另一個地獄吧？

「我死了……也不會去找你們。」

我低語著。

「在說些什麼啊？」鄭一濬聽到我的碎念，隨手就巴過來打我的頭。

一旁的跟班們都笑了，而我手放在口袋之中，握緊著刀柄，想著什麼時候要動手。

「錢呢？」

「我沒有錢。」

「啥？」鄭一濬看了四周。「我有沒有聽錯？沒錢？」

「我沒有任何錢可以給你們！」我大喊著，大概是我這些年來，發出過最大的聲音。

鄭一濬和跟班們愣住，緊接著鄭一濬的臉色變得非常難看，他一腳朝我的肚子踢來，那力道之大，讓我整個人往後飛，撞到了樓梯邊角，瞬間爬不起來。

「你現在是怎麼了？這麼大聲？」鄭一濬腳伸過來，踩住了我的左手背。

「不怕你的古子芸姊姊怎麼了嗎？」

一般人或許會想，再怎麼樣也不會對老師出手。

但是我不想賭那個可能，加上鄭一濬是十足的壞胚子，他一定會對古子芸姊姊做壞事的！

即便只是找姊姊麻煩的程度，我也不想造成姊姊的困擾。

所以我忍著痛，用力抽回自己的手，害得鄭一濬差點往後倒，接著我立刻站起來，拿出口袋裡的刀。

「不准動！」

鄭一濬挑眉，露出了戲謔的笑容，一旁的跟班們則神色變得緊張。

「唉喔，帶刀啊？怎樣？你要砍我嗎？那麼小的刀可以做什麼？」鄭一濬非但不害怕我的刀，還作勢嚇唬我。「砍我啊！」

我握著刀的手顫抖，環顧著這裡每個人，他們都是些社會敗類，在這就能預見他們的未來，都是些會造成別人困擾的存在。

『向湝啊……殺了他們啊……』

『殺了他們，才能一勞永逸啊……』

『為什麼是你要死呢？』

父母的話在耳邊盤旋，我忍著突發的頭痛與耳鳴，視線模糊地看著他們。

我不會殺了他們，我不會殺任何人……

「我不會砍你，但我要你們記得欺負我的事情！」

我說，然後把刀舉起，往自己的手腕割去。

在那瞬間我就後悔，除了會痛以外，就是手腕的血不足以噴濺到他們身上，我如果真心赴死，怎麼不是割喉？

這些思考只有零點幾秒，我立刻又用刀子劃得更深，這一次或許割對地方了，血液大量湧出，沾滿了刀與我的手。

「啊……！」

見到鮮紅的血，鄭一濬慘白了臉，而我的刀甩出的血液也噴到他的身上，周邊的人也被我的鮮血染到衣服。

他們驚叫、逃竄，唯獨鄭一濬還站在原地，他似乎嚇傻了，無法動彈。

而在他的背後，有我的父母，那燒得焦黑無比的父母，只有眼珠子和牙齒，其餘皆是血淋淋的肌肉組織。

『你應該要殺了他啊……向湑……』

『是啊……就像你殺了我們一樣。』

就像你殺了我們一樣。

睜開眼睛，又是一如往常的白色天花板，以及淡淡的消毒藥水味道，很明顯的，我又在保健室裡面了。

喔，不對，根據我手上刀傷的深淺，這應該不是保健室有辦法處理的傷口。

不過我明明割得那麼深，居然沒有死嗎……

死亡真是不容易呢。

「你醒了？」一個熟悉的聲音再次從旁邊出現，我頓時熱淚盈眶。「向淯，有哪裡會痛嗎？」

古子芸姊姊依舊是那擔憂的神情，讓我無地自容，自己到底要讓她擔心多少次。

「姊姊……嗚……」

「別急著起來，你的手上縫了快三十針。」古子芸姊姊眉頭深鎖，看起來欲言又止。

「妳想要罵我嗎？」我失笑，換來姊姊更嚴厲的眼神指責。

「你在想什麼？怎麼會那樣傷害自己？還有那個地方……地上一堆菸蒂，跟鄭一濬那群學生……到底是發生什麼事情？你一五一十的全部告訴我！」她非常嚴肅，語氣急切眼眶也濕潤了，怎麼無論到了幾歲，姊姊都還是一樣的善良。

我的人生，光是有她的存在，就已經值回票價了吧？

「他們幾個……怎麼樣了呢？」

古子芸姊姊嘆氣，深鎖的眉頭不曾鬆開。「他們幾個身上都沾到血了，嚇得不輕，然後經過調查……他們似乎長期都在霸凌同學……」

她的話停頓了，左右張望了一下，似乎在注意有沒有人進來。

我也跟著看了四周，確定自己並不是在保健室，而是在醫院裡面，這是間三人病房，不過其他病床上並沒有病患。

「學校好像並不是完全不知道這件事情，但是他們選擇睜一隻眼閉一隻眼，而同學們更是知情者居多……但都裝作沒看見。惡意不斷循環，變成今天這個樣子……造就了你手上的傷，而這還是看得見的，你的內心又該如何……」

古子芸姊姊哭了起來，我瞪大眼睛看著她，她居然為了我……哭了！

從來沒有人……會因為我的事情而哭泣，或因為我的事情而悲傷。

大家都是只管自己好就好，大家都會認為不要惹麻煩上身，而我就是那個麻煩。

只有古子芸姊姊不一樣，從以前到現在，真心對我好的始終只有她……即便我一點都不值得！

「姊姊……」我才發現自己居然也哭了，眼淚不斷掉落。

「向淯，我不是說了你要求救？你還只是個小孩子，理所當然需要大人的幫助啊！」她抓住我的手。「不要害怕麻煩別人，不要害怕連累別人，你不能溺水了都不知道呼救，任憑自己緩緩下沉啊！」

「我、我想……想了辦法……」

「你的辦法就是自殺嗎？」古子芸姊姊嚴厲地瞪著我，力道也變得用力，「怎麼會有這樣的想法？這是最笨的思考方式！」

「但……對我來說，這是能解決問題的唯一方法啊……」

聽到我這麼說，古子芸姊姊愣住，眼淚掉得更兇。

「姊姊，妳不要生氣……我會這麼想也是因為……我的父母也是因為死掉了以後才遠離了我的生活，所以唯有死亡，才能擺脫，不是嗎？」

她的眼睛瞪得老大，對於我得出這樣偏激的結論感到很不可思議，張口想說些什麼，但又停了下來，最後只將臉埋在掌心之中，肩膀微微顫抖著，不斷哭泣。

看著這樣的姊姊，我伸手想安慰她，但是又停了下來。

我做的決定很令她傷心嗎？

但是除了這樣，我還能怎麼辦呢？

說實在的，救活了我，我反而覺得有一點點可惜。

要是鄭一濬他們沒有得到報應呢？要是他們變本加厲呢？

那我……我又會遭受到怎樣的對待？

「不該救活我的……」

我不自覺將這句話喃喃說出口，古子芸姊姊立刻抬頭，不諒解地看著我，然後伸手用力打了我的肩膀一下。

「不准再說這樣的話，向淯！如果你怎麼了，我會難過，你育幼院的朋友也會難過，班上同學、老師都會難過！」

「大概只有姊姊妳真的會為我難過吧……」我笑著。

我明明討厭肢體接觸，明明對暴力感到厭惡，但是姊姊的拍打，卻是全然不同的溫度。

「向淯，畢竟見血了。鄭一濬那團人會接受警方調查，也會被退學，你不會再受到他們的威脅。」姊姊認真地看著我。「還有，你父母的死亡是意外，我去查過了，他們是瓦斯外洩而造成的火災，你自己也差一點送命了不是嗎？不要覺得是你殺死了他們！」

我愣住，姊姊怎麼會知道，我認為是這樣子？

難道，她也看得到那些黑影？

「你在睡夢之中，不斷說著是你殺死了你的父母……」

「剛剛嗎？」

「不，是你每次來保健室休息的時候……」姊姊露出憐憫的表情。

原來是這樣，原來我說出口了嗎？

「姊姊，妳曾經說過，只要長大了，就能逃離父母，過上自己的生活。可是……無論我到哪裡去，都會有像我父母那樣的人，像鄭一濬那樣的人不是嗎？是不是人本來就有分成，容易被欺負的，跟欺負人的，還有漠視的？」

「向湇，還有像我這樣的人。」她握住我的肩膀，力道堅定。「像我這樣站在你這裡，不畏懼惡勢力，想幫助你的人。」

我再次淚水潰堤，久久說不出話。

我明明告訴過自己，不要保有希望。

明明曾經認為，死亡才是唯一解脫。

但是，如同燈塔般放射出名為希望之光的古子芸姊姊，再次出現在我的面前。

是不是上天在告訴我，還不要放棄呢？

「答應我，會好好活著。」

「我答應妳。」

從今以後，我會為了姊姊而活著的。

＊＊＊

至於鄭一濬他們幾個，最後由家長出面賠償了一筆金額，我們兩方和解。

說來也十分諷刺，他們明明無惡不作，毆打我時那麼沒有人性，鄭一濬甚至還加入了幫派，可是卻在見到我自殘的畫面、感受到溫熱大量的血液噴灑在他們身上後，一個個都嚇得屁滾尿流。

某方面來說，這是不是也說明了，他們並不是無可教化？

於是就這樣的，我的高中生活，在鄭一濬他們離開以後，也回歸了平淡。

所謂的平淡，不過就是沒人欺負我罷了。

但對我來說，那是我人生中最美好的一段時光。

因為古子芸姊姊在學校的保健室裡面，每當我打開門，就會看到她在裡面，對我親切的笑著。

我彷彿做了一場很美的夢似的，張開眼睛的時候，甚至還感受到眼尾的濕潤。

不過當身體的勞累以及疲倦襲捲而上時，我才赫然發現，自己已經不是十幾歲的高中生，而是我不熟識的，四十幾歲的自己。

古子芸姊姊依舊在我的身邊，她帶著與當時無異的溫暖微笑，站在旁邊看著我。

「向淯，你醒了。」

這句問候好像穿越時空一樣，相同的嗓音，相同的情緒，但我們卻不一樣了。

「姊姊……」

「沒想到這些過去，你記得這麼清楚。」古子芸姊姊拉過椅子坐了下來，並且幫我倒了一杯水，插上吸管後遞到我的嘴邊。

「事實上，並不是你記得清楚，而是運用我們的儀器，激發你腦裡的皮質與神經，強化了過去的記憶，讓它穿越時空般的如電影呈現出來。」

我喝了一口水，甘甜無比。「所以剛剛那些……大家都看到了？」

所謂的大家到底是誰，我也不是很清楚。但是在那單面玻璃之後，一定有我想像不到的大人物吧？

雖然不知道探究我的過去到底有什麼意思，但是光從我消失了十多年的記憶看來，或許……有著連我都不想想起的事實吧。

「是啊，沒想到我在你的眼中會是那樣的存在。」古子芸姊姊溫柔的笑背後，還帶著些許的害羞。

沒想到能在姊姊臉上看到這樣的表情，即便她的容貌與我記憶中的多了歲月痕跡，但依舊讓我心跳怦然。

「姊姊對我來說……就像天使一樣。」

她笑了起來。「我這個年紀還能聽到這樣的話，真是欣慰呢。」

「在我心中，姊姊永遠就是……妳剛剛所看見的那個模樣。」

她露出了一抹苦笑，畢竟在高中畢業以前，古子芸姊姊就消失在我的生活之中了，我不曾再與她相見。

所以當然，她在我心中，才會永遠都是我高中所見的那個模樣。

「對了……當你們看著我腦中的畫面時……是第一人稱嗎？看見的是我所看見的嗎？」

「對，就像在當你一樣，從你的眼睛去看，也只有一個角度。」

「那……有看見我爸媽嗎？」我覺得這個問題有點奇怪，但還是問了出來。「正確來說，是黑影，還有聲音。」

古子芸姊姊皺了眉頭。「你是說像鬼魂那樣嗎？」

「嗯，硬要說的話，就是那樣。」

「我們什麼也沒有看到。」古子芸姊姊搖頭。

「是喔……」

所以爸媽的存在，真的只是我的幻覺。我曾經想過那大概是幻覺，但又覺得依照他們的個性，死後或許會繼續糾纏我。

說實在的，證明了他們是否是幻覺，對我來說是好還是不好呢？

「為什麼會提到你的爸媽？」

「自從他們過世以後，我時不時都會看見他們的鬼魂在一旁糾纏著我，他們會說一些過分的、蠱惑人的話……還常常要我快去陪他們。」

古子芸姊姊眉頭更緊了。「我們是透過你的腦中記憶去看見你的過去。如果說，他們真的是幻覺，那對你的腦來講會是真實存在的，這樣我們就會看見。」

我愣住。「這意思是……」

「意思就是，假設他們是幻覺，那我們就會看見。但他們若是鬼魂，我們就看不見。」

「……」我十分震驚，口乾舌燥的，覺得眼前似乎黑了下來。

忽然我張望著，想看看他們現在還在不在。

不過沒有，這個空間除了我跟姊姊以外，沒有任何人了。

我忽然想起，我已經很久沒見過他們了。

但是從什麼時候開始？他們終於不再纏著我了？

「他們現在還在嗎？」

「不在了。不知道從什麼時候開始，就已經不在了。」

「你覺得他們的存在，會給你什麼樣的影響？」

「會讓我……很焦慮，他們會慫恿我做一些極端的事情，要我快點去陪他們……」

「你至今還是認為，他們的死亡是你的錯嗎？」

「或許我是認為，獨自活著的我是個錯誤吧。」

「向淯，在你高中的那段過去，我不是也說了？你要活著，你活著就是最好的了。」古子芸姊姊微笑著，但是，我卻察覺到她的眼神，和高中時期不太一樣了。

那並不是她的真話。

高中的她希望我活著，是真實的。但是現在的她說我活著是好事，卻是假的。

「妳在說謊嗎？姊姊？」

她的眉毛些些抬起，輕微得很。

「為什麼會這麼想？」

「因為不一樣。」我才剛回顧完高中的妳，所以更能明顯感受到差異。「妳覺得現在的我死了比較好嗎？」

「我沒有這麼想。」

「但是妳也沒有認為我活著是好事！」我大聲了起來，想從床上爬起，但是身體卻依舊虛弱得無法動彈。

怎麼可能，我躺了這麼久，睡了這麼久。

再怎麼肌肉流失，都不可能一動也不動啊！

猛然我注意到一旁的點滴，那真的是幫助我的營養針嗎？還是說是讓我失去行動能力的液體？

「放開我！我要離開這裡！」

忽然自動門打開，一群穿著白袍的人準備要衝進來，但是古子芸姊姊站起來制止他們。「出去！這裡交給我。」

「但是老師……」

「我說了，出去。」

他們面面相覷，只能退離門後。

直到自動門完全關上了以後，古子芸姊姊才轉身看著我。「抱歉，向淯，嚇到你了。」

「到底為什麼……要把我關在這裡……」我忍不住懦弱，眼睛湧出了淚水。

「……」

「至少告訴我原因，不要讓我一直陷入過去，卻不知道醒來後要面臨怎樣的未來……」

「你可以想像記憶是條軌道，我們必須尋著軌道一步步走，循序漸進。我不能一下就告訴你列車沿途的風景，這樣子你的腦會承受不了，或許會產生時間上的錯亂，把車外的風景提早呈現了。那這樣子，我千方百計把你保在這裡，就沒有意義了……」
「保？保我？」
「向清，你要相信我，我永遠也不會害你，我是在幫你。」
「但是妳卻不希望我現在活著？」
古子芸姊姊咬著下唇。「我沒有不希望你活著。」
「只是？」
她對上我的眼睛。「只是我有些後悔，那時候沒有為你做得更多。」
這一次，她並沒有說謊。

第三章　真實

我再次張開眼睛的時候，又回到了高中的走廊。

這一次我的感覺很清晰，我明白這是過去，自己正走在過去的軌道上，這個地方是我的潛意識嗎？所以呈現的一切，都是已經發生過的事實？

我只是一臺放映機，忠實地播放過去的片軌，無法做出改變嗎？

我能夠嗎？在這些過去中，我能夠改變嗎？

可是很快的，這樣的想法逐漸消退，腦子回到了高中時代的向淯，失去了在實驗室裡頭的向淯記憶。

我正站在空無一人的保健室裡頭，屬於古子芸姊姊的東西全都不見了。

「姊姊？」我呼喚，但沒有人回應。

原本在保健室當老師的姊姊，就這樣沒有預兆的消失了。

自從鄭一濬他們幾個消失在我的生活中之後，人生忽然開朗了起來，我終於也能夠享受上學的樂趣。

這些日子以來，我每天都會固定來保健室見姊姊，這裡成為了我的避風港與救贖。和古子芸姊姊聊天說話的時候，我總是會因為心情太過放鬆而不小心睡著，有時候是睡了整個中午時間，有時候只是下課十分鐘，不過在古子芸姊姊身邊的睡眠品質，比在育幼院好得多，像是進入了深層睡眠一樣，所有疲勞都消失了。

所以這也成為了我的習慣，我每天都會來到這裡補眠。

我問過新來的保健室老師，古子芸姊姊去了哪裡。

「她回去進修了喔，不過她有跟我說，如果你要過來休息，隨時可以。」新來的老師這麼說，也很溫柔地遵守約定，但是說也奇怪，沒有了姊姊，我在保健室再也不想睡了。

或許是只有姊姊能夠讓我安心吧，之後，我便很少去保健室了。

就這樣子我畢業了，進入了大學。

考上大學後，我就離開了育幼院，自己生活。

大多數的人離開後都會定期回饋給育幼院一些零用金，當作是感謝他們養育我們長大。但是我卻從來沒有回饋給育幼院過，因為我沒有能力。光是打工和學費就已經夠讓我焦頭爛額了。

所以我想，人的個性大概是不會那麼容易改變吧，即便大學不會有人那麼幼稚還在欺負他人，但是我的個性沉默寡言、不善交際，所以依舊獨來獨往，在大學也沒有交到什麼朋友，每天就是自己到教室、自己離開教室。

連班上的同學或許都不知道我們是同班的吧，畢竟大學的班級緊密度不像國高中那麼高。

也就是這時候，我開始玩起線上遊戲。隔著螢幕的世界，沒人會知道現實中的我如此魯蛇。在裡頭只要我打怪夠強、裝備夠潮，就能成為公會的英雄，加上不需要面對面，角色就代表著我，所以講話的方式也能依照人設改變。

我愛上了隱藏起真實的自己，也催眠著自己，沉浸在自己就跟遊戲角色一樣強大的假象中。

偶而，我又會忽然想到古子芸姊姊，不知道她此刻在做什麼？但無論怎樣，一定是很優秀的吧！

不知道她現在見到我，會不會又顯得失望了，雖然沒有被欺負，但是也活得不夠抬頭挺胸，不知道為什麼，我就是這麼的窩囊。

明明我一直都想要振作起來，想要好好念書、好好表現，可是夜深人靜時，我總會手腕抽痛，那曾經的傷口滲血，轉為黑色的氣體，飄浮到了空中，布滿整間套房。

那些黑色氣體最後又會凝聚成兩個人形，我的父母仍然不放過我，他們每晚都會低語著我的人生就該如此無用，我就是無能的人、社會的敗類，沒有任何貢獻，只是在浪費地球的空氣等等。

話語聽久了，會深耕到我的靈魂，讓我也認為自己真是那樣的人。

「你是叫做向淯對吧？」

不過那一天，契機出現了，班代拿著一張紙來到我身邊，這還是我第一次和班上的同學說話。

「對……」但是我很快又低下頭，不敢做多餘的眼神接觸。
「太好了，我一直在找你耶。」他一屁股就坐到我前面的位置。
班代是個和我完全不同類型的人，他陽光開朗又帥氣，成績似乎也不錯，大一的制服日時，我看過他穿第一學府的制服，第一學府給人的印象應該是死讀書的模樣，可是他卻是如此吸引大家目光。
就像是天生的偶像劇男主角一樣，在他身上，我能感受到人生有多不公平，所以此刻他與我搭話，更讓我感受到自慚形穢。
「有、有什麼事情嗎？」
「這裡，班上決定要辦一場促進感情的烤肉，只差你還沒有簽名了！」他把那張紙放到我的桌面上，我看見全班的人都勾選同意參加。
這種場合不需要去，我也知道會怎麼樣。
反正最後一定是我一個人在那生火或是烤肉給大家吃，照片裡面還不會有我的存在。
所以，我決定拒絕。

「我、我那天有……」

「先說，這是強制參加喔！」班代不許我拒絕。「畢竟是促進班級感情啊！缺一不可。」

或許是他的態度強硬，又或是他那句缺一不可讓我覺得很感動，所以我答應了，並在那張紙下簽下了我的名字。

那天晚上，我手腕的疤痕並沒有出現黑氣，屋子內也沒有出現父母的亡魂，他們不再纏著我說著恐怖的話語，這讓我難得的，一夜好眠。

＊＊＊

大概是因為我跨出了改變的第一步，今天連衣服我也選擇了平時不會穿的暖色系，來到集合地點。

「到了的人，過來這邊簽到喔！」班代在中央喊著，那裡圍了一群人，頓時我又有點卻步。

「等等我啦！」

「我先過去簽名～～！」

忽然有兩個人從我旁邊跑過去，後面的女孩撞到了我一下。

「啊！對不起！」女孩抬頭，漂亮的大眼睛眨動。「你也要過去簽到吧？」

「咦？妳、妳知道我？」我有些驚訝，我當然認得這女孩，她在班上十分亮眼，下課時間都會和朋友有說有笑的，長相甜美也很會打扮，最重要的是很親切。

這樣站在光處的女孩，居然會知道我？

「當然知道啊！我們是同班同學耶。」她朝我一笑。「快點，我們要快去簽到，先簽到才能選工作內容！」

她說完就立刻往前跑，彷彿被她感染一樣，我也跟著跑了起來。

在邁開步伐的那瞬間，我有種身上的某部分被停留在原地的解脫感。

陽光下，我笑了起來，往班上同學那跑去。

「這邊還需要一點木炭喔！」
「啊，這個香腸可以吃了嗎？」
「有人拿走瓦斯槍嗎？」
「欸！不要自己一直吃，要留給別人啦！」
大家的聲音此起彼落，有人負責生火、有人負責烤肉，也有些人什麼事情都不做，就只是吃。
不過，即便如此，整體的氛圍還是非常愉快，每個人的臉上都帶著笑容，包含我。
「好吃嗎？」那位受到歡迎的女孩名為小光，她坐到我的旁邊，拿著土司包肉與我攀談。
「很好吃。」因為我不擅於與人交際，所以不知道怎麼回應比較好，只能一問一答。
「你之前都沒有參加過類似活動耶，為什麼啊？打工？」
「要打工也是原因之一，但是主要是我比較……不會應付這樣的場合。」

「我懂～～要交際應酬很累吧？」小光贊同地點頭。「不過，實際參加以後，就覺得沒什麼了對吧？」

她朝我一笑，陽光正好照射在她的臉上，讓她的笑容顯得格外溫暖。

上次感受到這種宛如被暖陽照射的溫度，從內心深處逐漸升溫的感覺，已經是高中時期與古子芸姊姊相遇的時候了。

但是，小光和古子芸姊姊完全不同，姊姊是姊姊，但是小光是我的同學。那種從平輩來的善意，我好像從來沒有體會過。

一旦認知到這一點，我忽然紅起臉來。

「哇，你怎麼了？不會中暑了吧？不過中暑是臉紅嗎？」小光一邊說一邊從一旁的桌子拿起水。

「怎麼回事？」班代見狀也過來關心。

「向湇好像中暑了。」小光皺眉說。

「中暑？那可不得了，欸！阿強，你過來一下！」班代喊了壯碩的男孩。

「怎麼了？」

「不是，我沒……」我來不及解釋，身邊已經圍了一團人。

「中暑沒好好處理，是很嚴重的事情喔。」阿強邊說邊從包包拿出一個刮痧板。「好在我隨身攜帶，就說刮痧是真的很棒吧！身強體健！」

「是是是，刮痧魔人。」小光笑著。「向清，阿強的技術真的很好，一刮下去，保證通體舒暢。」

「好啦，大家，給向清和阿強一點空間吧！」班代指揮著。

就這樣子，我被趕鴨子上架，莫名其妙的就要在烤肉區被刮痧了。

「來吧！把衣服脫掉。」阿強說著。

但是我卻忽然愣住。「脫掉衣服？」

「對啊，不脫掉沒辦法刮痧喔！這個刮痧板必須直接碰到肌膚才行～到時候身體會出痧，紅紅的一片，很療癒喔。」阿強看起來眼冒光輝，但是我卻緊張起來。

我不能脫衣服，身上有許多以前留下來的傷疤，不論是父母還是鄭一濬他們，都在我身上留下了許多豐功偉業，不能讓這些東西被別人看見。

否則，他們會害怕、會同情、會小心翼翼。

會不把我當一般人看。

「那個，我沒有中暑，所以不需要……」於是我趕緊拒絕。

「但是你臉色不太好，不用擔心，就算沒有不舒服，也是偶而刮一下，對身體很好的！」阿強有些強硬，伸手就要拉起我的衣服。

「我就說不要了！」我大吼，並且用力推開阿強，但是阿強身體壯碩，所以文風不動，反而是我自己往後倒了。

「向淯……」如此大的動作與反應，引來了大家的注意，瞬間所有人看著我的眼神，讓我想起了過往。

每個人都會帶著打量、好奇、嘲笑、怪異的雙眼看著自己，就像自己是個怪物一樣，是個不被接受的存在一般。

「我、我先……」話都沒辦法說完，就拿起自己的包包，像是逃命般的離開了現場。

又搞砸了，怎麼會忘記自己的身分呢？

根本不可能會有好事情發生在我身上，這輩子光是能夠脫離父母的魔掌，光是能夠遇見古子芸姊姊，已經是最幸福的事情了。

怎麼還能妄想自己會有正常的生活呢？

我一面逃，一面退回到了自己的殼。在漆黑的房間之中，才是我的容身之處，白天小光的溫暖微笑，班上同學熱鬧的氣氛，都趨不走此刻屋內的陰冷潮溼。

那些漆黑又凝聚成了兩個人影，許久不見，但卻沒有陌生的感覺。

『向淯，你還妄想站在陽光下嗎？』

『你早就該來陪我們了。』

我怎麼會忘記了，我的父母，永遠不會放過我。

「為什麼……不愛我的話，為什麼要把我生下來？」這是我第一次問出這樣軟弱的問題，縮在角落，彷彿回到了小時候一樣，從發抖哭泣，到最後絕望無比。

『因為主宰一個生命，很好玩啊！』

『看他沒有反擊的力氣，只能垂死掙扎，最後又因為活下來而感受到希望。』

『真是太囂張了啊，向淯，生命是我們給你的，你好意思自己決定要怎麼過活嗎？』

父母的話語如影隨形，充斥在房間之中，無所遁形，就這樣子說著黑暗的話語，度過了漫漫長夜。

＊＊＊

「今天向淯真的很奇怪，你有他的手機嗎？」小光一邊和班代講著電話，一邊走在回家的路上。

「我想說打給他看看，是不是不舒服還怎樣的？或是說我們太強迫他了，不應該讓他在那刮痧？就算是男生，有些人也不喜歡在大家面前脫衣服啊。」

小光邊說邊找著鑰匙，打開了樓下的鐵門。

「我知道啊，所以才想說打電話看看，你有嗎？」她按下電梯按鍵，這時候才想到，怎麼沒聽到鐵門關起來的聲音？

她回過頭，不小心嚇了一跳，什麼時候後面站了一個男人？

這男人全身都包起來，大熱天的，為什麼要穿外套？還有口罩跟帽子遮住了臉，根本看不清楚整張臉，視線往下，居然還帶著手套？

小光馬上察覺到不對，她立刻對著電話說：「媽，我已經在樓下了，現在要搭電梯上去，妳先把菜熱好喔。」

『妳在說什麼啊？』班代在電話那頭疑惑問。

沒事的，不會怎樣，只是自己嚇自己罷了。這年頭什麼人都有，也有可能是全身燒燙傷的人，想遮掩自己的皮膚，對，沒事的。

現在還在跟班代通電話呢，就算真的是壞人好了，也不可能會挑正在通電話的人下手吧……

叮。

電梯門打開的瞬間，小光只感受到背後猛然被用力一推，她就這樣跌入了電梯裡頭，直直撞上玻璃。

『電梯關門。』

機械的女聲喊來，而從鏡子裡，小光看見了那個男人站在他身後，接著伸手往她撲來。

「啊——」

我張開眼睛的時候，發現自己坐在原地睡著了，而且身上還穿著那天烤肉回來的衣服。

手機裡頭有幾通未接來電，這讓我覺得有些訝異。

幾乎沒有人會打電話給我，所以我點開了通訊紀錄查看，是班代。

可是他已經是昨天晚上打的，我現在回電也很奇怪，不如洗澡後去學校上課吧。

學校……我該用什麼表情面對大家呢？

告訴大家我昨天忽然不舒服？還是不需要解釋就先道歉？或是裝作沒事

呢？

我一邊煩惱，一邊已經來到教室外頭。

裡頭傳來嘰嘰喳喳的聲響，我吞了口口水，給自己力量後打開了教室門。

不過，並沒有太多人注意到我，大家圍在一團像是在討論什麼事情，氣氛很凝重，我找了個角落的位置坐下，拉開椅子的時候，班代抬頭看了我一眼。

「向淯！」他喊出我的名字，其他人也看過來。

糟了，我是不是要先道歉？

「對……」

「你聽說了嗎？小光出事了。」班代的臉色蒼白，而我愣住。

「出什麼事？」

「她昨天回家的時候被人襲擊，我在電話那頭都聽到了，我第一時間就報警……」班代邊說邊捂住嘴，彷彿是可怕的回憶一樣。

「有抓到犯人嗎？」阿強問。

「沒有，對方跑很快，但是小光受到很大的驚嚇……」

根據班代所說，小光在電梯裡頭被犯人強行脫了衣服，還被毆打了好幾下，不過犯人並沒有侵犯小光，似乎也沒有打算要侵犯她，只是在踐踏她的自尊，增生她的恐懼一樣。

電梯的監視器清楚地拍下了一切施暴過程，警方沿路調閱監視器，最後只找到犯人進去一條巷子後，就完全失去蹤影。

犯人對附近的道路似乎很熟悉，也懂得避開監視器，最終小光休學，回家休養，並且和所有大學同學都斷了聯繫。

根據班代所說，他最後一次去探望小光的時候，小光面容憔悴，她縮在棉被裡面，只剩下驚恐的眼神，還有不斷顫抖的身體，嘴裡一直喃喃念著：「對不起、對不起。」

到底是什麼樣的變態，讓曾經愛笑又充滿光芒的小光變成如此絕望的模樣？

在小光離開以後，我也錯失了那天烤肉後續的解釋，就這樣隨著時間，我又回到了一個人獨來獨往的生活，父母的黑影依舊在房間的角落陪伴我。

他們那難聽又扼殺我人格的話語充斥著，但我逐漸學會當成耳邊風，繼續沉浸在自己的電腦遊戲裡頭。

『大家，一起玩遊戲這麼久了，要不要線下聚會？』

某一天，公會長忽然丟了個訊息出來，幾個成員開始附和，但是我的手卻停在鍵盤上，無法移動。

『向陽一定要來啊！你這麼強，我想要親自討教！』

其中一個成員發了這樣的訊息，這讓我彷彿又看見了希望，可是很快我想起小光。

『和你扯上關係的人，最後都會不幸的，你忘記了嗎？』

分不清楚是爸爸還是媽媽，反正就是那團黑影又說起了難聽的話，不過他們說的也是事實。

從以前到現在，所有關心我、對我好的，甚至讓我感受到人生希望的人，都會發生不幸。

我想，或許別和其他人接觸，對大家來說才更好吧。

『對不起，我那天有事情了，下次吧。』

於是我快速打完這些字後，立刻下線。

之後上線，我也不會說話，也不管別人有沒有 tag 我，一律都無視。靜靜地看著他們約定好時間和地點。

在公會第一次線下聚會那天，我前往他們約好的地點，我只是想看看和我在同一個公會的人們長怎樣，想知道他們給人的感覺如何，想知道大家都花了這麼多時間玩電腦，是不是在現實生活中都跟我一樣，是被放逐的邊緣人呢？

我找了個角落的位置方便觀察，很快的公會成員陸續到齊，有些人的感覺和在螢幕上完全一樣，而有些人則是完全聯想不起來，可是每個人都很熱絡地聊起天，完全不像第一次見面那樣尷尬。

「我叫做陳文彥，現在也是大學生，向陽真的沒來嗎？」一個胖胖的男孩起身拿了飲料。

「沒有！他完全不理會我們的哀求耶！大神就是跩！」公會會長大笑，意外的她是一個三十多歲的姊姊。

「真可惜！下次一定要把向陽拖來，我可是很崇拜他的呢。」陳文彥十分沮喪的模樣，我想他大概就是在網路上時常找我聊天的緣故吧。

沒想到有人會期待我的出現，這讓我在受寵若驚的情緒下，多了一份優越的感覺。

我聽見他們在討論我的角色，提到我就像是一個傳奇般的存在，這讓我感覺自己好像在另一個地方找到了容身之處。

或許、或許我可以再次踏出房間，再次找尋希望……

「向淯？」

我嚇了一跳，手上的湯匙差點滑落。

不是因為有人喊我的名字，而是因為這個聲音的主人。

「古子芸姊姊？」

「真的是你！我還以為我看錯了！」

穿著正式套裝的古子芸姊姊居然站在我的眼前，我還以為自己產生幻覺，但是她開心地坐到了我的對面，露出了一如往常的笑容，這讓我又想起了小時候的她帶給我的溫暖，還有高中時期幫助我時的模樣。

瞬間，我又潸然淚下。

「都大學了還這麼愛哭啊。」古子芸姊姊一笑，伸手擦去我的眼淚。「你最近還好嗎？」

我用力搖頭，一股腦兒地把所有事情都告訴她，古子芸姊姊像是大海一樣，可以包容下我所有的不堪與痛苦，最後只是拍拍我的手背說：「辛苦你了，你一定很煎熬吧。」

「所有和我待在一起的人，都會不幸……」

「你千萬不要這麼想，我就非常幸福啊。」古子芸姊姊保證。「向淯，我教你一個咒語。」

「咒語？」

「對，讓你能夠隨時保持勇敢、自信，做你自己。」

「做我自己？」

「嗯，你跟著我說一遍，我很棒、我做得很好、我很勇敢、我辦得到。」

「我很棒……我做得很好、我很勇敢、我辦得到。」

「對，就是這樣。未來當你遇到猶豫的事情時，就說這幾個字吧。」古子芸姊姊輕聲地說著，在如此吵雜的環境之中，她的輕聲細語竟然如此清晰，看著她溫柔的雙眼，直勾勾地盯著我，讓我感覺似乎被她鼓舞了。

「我很棒、我做得很好、我很勇敢、我辦得到。」

「對，說得棒極了！」古子芸姊姊鬆開了我的手，對我嫣然一笑。「我今天是偶然經過這裡的，明天開始我就要離開這座城市了，向湞，祝福你未來一切幸福。」

「我也祝福姊姊。」

看著姊姊離開的背影，我才忽然想起，自己為什麼沒有留下姊姊的聯絡方式呢？

為什麼每一次，都會忘記這件事情呢？

不過我轉頭看向了公會成員，深吸一口氣後說：「我很棒、我做得很好、我很勇敢、我辦得到。」

然後走向了他們。

我很棒、我做得很好、我很勇敢、我辦得到。

這句話像是咒語一樣，深刻在我的心裡，從此變成了我內心鼓舞自己的字句。

當我面對挫折、猶豫、下不了手、自我懷疑的時候，腦中就會迴盪著這幾句話，就像古子芸姊姊隨時都在我身邊一樣，隨時鼓舞著我。

這時候，我就不會猶豫，也不會徬徨，像是特效藥一樣，讓我迅速下定了決心，知道該做些什麼。

「向清，你最近好像不太一樣了。」班代看著我。

「哪裡不一樣呢？」我將書本放到背包裡面。

「嗯，就是，比較陽光？」班代說完後笑了下。「這樣說好像有點奇怪，但是就是這種感覺。」

「我想，或許是找到了一種魔法吧。」我說。

「喔？什麼樣的魔法？」

「我以前認識的一位姊姊告訴我的話，讓我突然覺得心情好了很多，就像是撥雲見日的那種感覺。」我頓了一下。「對了，很久之前，在那場烤肉聚會上，我的表現很奇怪，真抱歉。雖然時間過了很久，但還是想跟你道歉一下。」

「唉啊，那都多久以前的事情了，不用放在心上啦。」班代笑著。

「說到這個，小光後來怎麼樣了呢？」

突然提到小光，讓班代的臉沉了下來。「最近終於聯絡上了，但是她的情緒還是很不穩定，所以也沒辦法去見她。不過，至少可以多少說一點話了，我想會越來越好。」

班代對小光未來的恢復狀況十分有信心，他是個凡事都向前看的樂觀類型，也就是這樣的個性，才有辦法擔任班級代表這麼長的時間。

這麼說起來，除了小光以外，最受班上同學信賴以及喜歡的，大概就是班代了。

這讓我內心有種蠢蠢欲動的感覺，不過還是背上了背包。「要是小光哪天可以讓大家去見她了，請一定要邀請我。」

「當然沒問題，我們大家都很擔心她。」班代豎起拇指。

「那我就先走了。」我對班代說了再見，然後往門外走去。

今天晚上，也有公會的聚會，自從之前遇到古子芸姊姊後，我的人生就像忽然茅塞頓開一樣，任何事情在我眼中都閃閃發亮，連帶父母的黑影也不能影響我。

是的，他們還在，就是不肯放過我。

不過他們對我的影響已經沒有以前大了，大多時候，他們就是靜靜地跟在我的身旁，還是會說著那些難聽的話語，但我總是會用古子芸姊姊的話蓋過他們的聲音。

有時候，他們兩個的話語會並存，一邊聽著父母親的穢語，一邊聽著古子芸姊姊的鼓舞，這時候我就會安靜下來，傾聽自己內心真正的聲音。

「向陽，你前幾天打的那一招好精采，是怎麼做到的？」胖胖的男孩主動和我說話，他就是很崇拜我的陳文彥。

幾次公會聚會下來，我和他也開始熱絡起來，他時常會纏著我詢問練等方式，我也不吝嗇地與他分享，就這樣，漸漸的我們也會在公會聚會以外的時間見面。

但有一次，我們發生了一點誤會，他正熱切地說著關於遊戲的事情，我卻突然聽不進他的聲音，只聽到父母的低語，使得我不小心大聲喊了：「閉嘴！廢物！」

這讓陳文彥瞬間愣住，我連忙跟他道歉，說不是在講他。

但現場也就只有我們兩個，所以很難打發過去，這讓我們之間有了些隔閡，後來幾天都沒有聯絡，這讓我有點失落。

畢竟，陳文彥算是少數和我聊得來又有共同興趣的朋友，所以某方面來說，我非常享受他這樣的崇拜，這讓我很有優越感，對我來說，也是很新鮮的感受。

所以，我很想跟陳文彥和好，但卻不知道該怎麼做，他會原諒我嗎？他會願意相信我說的話嗎？

但這時候，我想起古子芸姊姊的話。

我很棒、我做得很好、我很勇敢、我辦得到。

這宛如咒語的鼓勵，讓我有了勇氣。

所以我約了陳文彥出來見面，感覺得出來他原本很猶豫，訊息被已讀了很久。

但好在後來，他答應了和我見面，所以我們約在了餐廳……是餐廳嗎？

不對，好像是約在房間，是約在誰的房間？

他的？我的？

怎麼忽然間我的記憶有些混亂。

應該就是約在餐廳，我們一直以來都是約在餐廳見面……

『向清！不要抵抗，仔細去回想，你們約在哪裡？』

這是古子芸姊姊的聲音，我一愣，為什麼聲音會浮現在我腦中？為什麼像是在跟我說話？我不是在過自己的人生嗎？為什麼會有一個不存在於記憶……記憶？

這裡是哪裡？是哪個現在？

我是現在進行式，還是在記憶之中？

『向清！你們約在哪裡？』

那個聲音又來了，約在哪裡……我們約在……

「約在我的租屋處。」我忽地這麼說。

場景轉換成了我的房間，陳文彥按了電鈴，而我正站在冰箱前面，將食指與拇指中間夾著的一顆膠囊，放到了裝滿飲料的杯子裡頭。

然後，我打開了門，陳文彥的表情有些尷尬。

「久等了。找我什麼事情？」

「先進來坐吧，我想跟你道歉。」我說，然後側身讓他進來我的租屋處。

我往外看了下，走廊沒有其他人。

「你有跟別人說來我這嗎？」

「沒有。」陳文彥東張西望，我比了一旁的沙發，他走了過去坐下。「是我造成你困擾嗎？才會讓你那天這樣罵我？」

「不是，對不起，那天是我的問題。所以今天才會約你過來，要跟你道歉。」我將飲料放到陳文彥面前，面露誠懇。

「原來是這樣……也不用跟我道歉，那你那天怎麼了？」

「我家裡有一點事情，這會是一個很長的故事，我去拿點東西來吃，你先喝飲料吧。」

「嗯。」

於是我離開了客廳，又回到廚房的櫃子拿了一些餅乾，但是動作卻停了下來。

我起身，走回客廳，看著陳文彥喝下了飲料，接著似乎覺得有怪味似地皺眉，然後又喝了一口。

下一秒，他痛苦的抽搐，雙手放在自己的脖子上，表情痛苦地往後倒去。

「哈哈哈哈哈！」

我聽見了恐怖的笑聲，看見了陳文彥驚恐的臉往我這看來，他眼眶盈滿淚水，不明所以地看著我。

為什麼要這樣看我？

我走上前去，想要拉起陳文彥，想問他怎麼了，不舒服嗎？

但是那大笑著的聲音不曾停歇，如同鬼魅一樣萬分恐怖，而陳文彥的雙眼逐漸失去生氣，盯著我的樣子不解、氣憤、又恐懼。

為什麼？

那笑聲，是哪來的？

我從玻璃的反射看見了自己，那笑聲竟是出自於我的口中。

而父母的黑影，就在我的身後。

「嚇！」

我猛然睜開眼睛，感覺完全吸不上氣，眼眶內充滿了淚水。

「快！氧氣筒！」古子芸姊姊大喊，一群人衝進來，動作俐落地幫我套上了氧氣罩並打開了開關，頓時空氣進到肺部，讓我舒服許多。

在我還沒回神之際，那些人已經魚貫走出實驗室，而古子芸姊姊手插在白袍的口袋裡，輕輕皺眉看著我。

「這是怎麼……回事？」我眼眶的淚水除了是因為呼吸不過來外，也是被剛才回憶的畫面給震驚到無法自拔。

「向淯，你現在多少明白了吧？」古子芸姊姊的眼神流露出哀傷。「關於你為什麼在這裡，還有我們為什麼要從你記憶中找尋答案。」

「我、我殺了陳文彥嗎？」我說出這些連我自己都不願意相信的話，如此艱難。

「嗯……」

「我是、殺人犯？為什麼？我怎麼會殺人？我不可能這麼做的！而且我一點記憶也沒有，剛才那些東西我都沒有記憶！我怎麼可能會殺人！」我激動地大吼大叫，一群人再次進來將我的雙手綁起來，並且注射了鎮定劑。

「我不會殺人！姊姊，妳知道我的，我不可能會殺人！」我崩潰地朝古子芸姊姊喊，將她當作救命稻草一般。

但是她只是帶著哀悽的雙眼退後。「向淯，所以我們才需要從你腦袋的深處找尋答案，我們必須知道在你解離之後，到底發生了些什麼事情。」

不可能，這一定搞錯了。

我不會殺人，我是無辜的！

那不是我、不是我！

無論我如何吶喊否決，我的聲音都被氧氣罩給淹沒，我的意識也被鎮定劑給帶走。

身體沉重且向下沉淪，又回到了我的租屋處，然後忘記了現在這段現實，回到大學時代的我。

＊＊＊

『陳文彥好久沒有上線了，你們知道他去哪了嗎？』
『他明明每天都會上線的，怎麼這一次消失這麼久？』
『有沒有跟他比較熟的，去他家裡看一看呢？』
『我跟你們講，出事情了。那天我們去找陳文彥，結果他好像失蹤了。』
『他的家人也都在找他，可是他租屋處沒有任何打鬥痕跡。』
『就像只是出門買個東西那樣，可是卻消失了。』
『怎麼會這樣？』

公會裡已經好幾天都在討論陳文彥消失的事情，但我絲毫沒有頭緒，最後一次和他見面時，我還因為看見幻覺而對他大小聲。

我最後悔的，大概就是還沒跟他和好吧。

不過，他消失的這件事情，隨著時間的流逝，大家也漸漸的不再談論了，而是開始專注在新的任務、新的魔王上。

有些人隨著生活的改變，也慢慢的少上線，有些人考研究所、出社會、迷上新的遊戲等，原先公會的人也逐漸離開，然後新血加入，慢慢的，我也越來越少玩這個遊戲。

第四章　被害

「向淯，我們這禮拜要去找小光，你要不要一起去？」

在大四即將畢業以前，小光終於走出了當時的陰霾，也像以前一樣開朗愛笑了，所以大夥就決定一起去見小光。

能有機會再次見到她，我當然十分願意，也得為當時烤肉的事情跟她道歉才行。

星期六一早，我們便在車站集合，一同搭火車去中部。

班代拿著手機導航著地圖，我們跟著他一路往後火車站的小巷走去，然後來到一戶獨棟前面。

「就是這裡了。」班代按下電鈴，我聽見門打開，有人穿著脫鞋走出來。

當門打開的時候，迎接我們的是記憶中的小光，有著那溫柔又開朗的笑容，彷彿沒有煩惱般的模樣。

「你們來啦！好久不見了！」她的聲音也如以往，見到她這樣子，我們幾個人都有些想哭。

「小光啊！好久不見！」班代抓住了她的手，十分欣慰。

「真的好久不見了，快點進來吧。」小光依序對每個進去家門的人打招呼，就在輪到我的時候，小光先是一愣，接著露出大大的笑容。

「向清！沒想到你會來。」

「我是來道歉的……」

「道歉什麼呀？」

「就是最後分開前……在烤肉的時候，我對妳不禮貌……」

「什麼事情啊？我都已經忘記了。」小光歪頭，真的不記得。「不過向清，你變好多啊！」

「有嗎？」

「嗯！整個人都不一樣了！是發生了什麼好事情嗎？」小光關上了鐵門，

歪頭看著我。「整個人容光煥發，表情也很棒呢。」

她說的話和班代一樣，這讓我非常高興，表示古子芸姊姊的話真的對我產生了鼓舞。

「應該是遇到貴人吧。」我用了非常籠統的方式說明。「妳還好嗎？」

「我好多了，嚴格說起來，我也是遇到貴人囉。」小光扯了嘴角微笑。「真的很高興可以再次見到你們大家。」

「我也是。」

我們大夥兒在小光家度過了愉快的下午，然後就準備離開，有些人要順便留在中部觀光，叫車去了旅館，而我跟其他人則要再搭火車回臺北。

離開前，我從背包裡拿出了厚厚的白色信封，在沒人注意的情況下放到了小光家的信箱裡。

「謝謝你們今天大老遠過來找我。」小光在家門口與我們道別，我們也與小光揮手。

當天，當我們回到臺北以後，就聽說小光自殺了。

***

我再次張開眼睛，古子芸姊姊還是在我的旁邊。

「冷靜一點了嗎？向淯？」

「我放了什麼？」這是我的第一句話。

「你沒有記憶嗎？」

「我完全沒有記憶，在這段記憶畫面重現以前，我壓根不記得自己有放東西到小光家的信箱裡。」我冷聲說著。「到底這些記憶是不是真的？難道不是給我下暗示，要嫁禍我是殺人犯嗎？說不定我根本什麼也沒有做，只是被植入了這些記憶啊！」

「向淯，這些都是從你腦中深處挖出來的，沒辦法造假。我們背後有多少腦神經專家、心理學家以及實驗人員，你無法想像我們的醫學研究到什麼程度，甚至都還能將記憶投射成畫面了，我們不會去誣陷一個善良的人是殺人犯的。」

「妳的意思是，我不善良了？」我愣住，看著眼前的姊姊。

「你是善良的，但是當你解離之後是什麼，我們不知道。」古子芸姊姊咬緊嘴唇。「所以我們才需要這樣子來挖掘你的腦海深處，了解你是怎麼犯案的。」

「……小光為什麼自殺？」

「那信封裡面的東西，你真的不知道？」

「我怎麼會知道是什麼！我連我放了東西都不知道！」

「小光她……被襲擊之後，被拍下了不少的照片，那些照片就是她被襲擊的模樣。」

「但是那些照片怎麼會在我的手上？我沒有攻擊小光，我不可能會……」

「我們看下去，就知道了。」古子芸姊姊按下了一旁機器的開關，我感受到自己腦中似乎有個小小電流通過，瞬間睏意來襲，就這樣閉上了眼睛。

沒有人可以想像，在電梯裡面小光遭遇到了怎樣的對待，但從她當時從電梯內被發現的傷痕看來，毆打是一定有的，或許還被性侵，兇嫌放入的照片已經被小光全部燒掉。

她好不容易走出那段恐怖的過去，卻又再一次的被提醒傷痕永遠存在，更可怕的是，兇嫌還找上了小光搬家後的地方，讓小光覺得永遠逃不掉，選擇了自殺。

兇嫌到底是誰？沒有郵戳的信封，明顯就是被人直接投入，於是最可疑的對象就落在了前去探望小光的這群同學身上。

「我們之中不可能有傷害小光的人！」熱血的班代相信人性本善，更相信自己的朋友們。

所有人都同意提供DNA與指紋給警察配對，但這些都徒勞無功，因為當年小光身上沒有任何有用的DNA殘留，信封上也乾淨地毫無指紋。

兇嫌很聰明，也很小心。

不過，卻遺漏了一個重要的地方。

警方根據信封的材質與製造商，找到了發行通路，十分湊巧地這款信封改良後的生產數量不多，也只在有限通路販售，所以警方先從嫌疑人們的周邊書局查起，經過了一段時間後，終於在大學附近的監視器裡頭，發現班代購買了這組信封。

「等一下！我哪會記得自己買了什麼？只不過剛好是同一款信封！」班代喊冤，事實上，這樣也不能當作就是襲擊小光的證據，但是警方搜索他家的時候，發現班代暗戀小光的日記，裡頭寫滿了對小光的幻想。

他的動機有了，可苦無他確實襲擊的證明，不過光是如此，已經夠讓周邊的人對他起疑心了。

受到同學們懷疑的眼光，以及家人的不信任，班代很快地沒再到學校。

而我看著手裡的地址，來到了班代的租屋處。

我按了電鈴很久，但是班代始終沒來開門。於是我彎下身趴在地上，從門縫往裡頭看去。

隱約有燈光，也有感受到冷氣或是電風扇的風速，所以我知道班代在家。

「班代，開門啊，我是向淯！」我用力拍著門板。「我相信你什麼都沒做，快點開門啊！」

我聽見裡頭有人走動的聲音，過一會兒門開了一個縫，露出了班代憔悴的眼睛。

「你來做什麼？」

「你的臉色好糟，我帶了東西來給你。」我搖晃著提袋裡的食物。「我想你一定沒有好吃飯。」

「我現在不想見任何人。」他就要關上們，但是我立刻把自己的腳塞入門縫之中，擋住了他要關起的門。

「好痛！」我喊了一聲，班代立刻驚訝地打開了門，他還是那個一如往常溫柔的班代。

「你在做什麼？」他有些生氣。

「我不是說了，我們一起吃飯吧。」我再次堅持。「我相信你沒有對小光做什麼，所以不要封閉自己。」

「……你為什麼會相信我？」

「相信你要有什麼理由？」我歪頭。「就當作是，以前你來找我烤肉的謝禮吧。」

「找你烤肉又沒什麼，那是班級活動……」

「但對我來說很重要，同理，現在找你一起吃飯，對我來說也沒什麼啊。」

「但是對我來說很重要。」班代終於願意淺淺一笑了。

他將門全部打開，而我也進入他的租屋處，與他一同吃了午餐。和他聊天的過程中，我明白他真的什麼也都沒做，事實上警方根本不該公開他的身分，不過是班代喜歡小光、剛好又擁有一樣的信封罷了，不能因為這樣就認定班代有罪。

只是說，標籤一旦貼上了，就很難撕下。即使沒有證據，大家內心都已經認定班代就是襲擊小光的兇手，因為除了他以外，就沒有其他嫌疑人了。

況且當初行兇的時間，小光和班代還在通話中呢，而好死不死的，他們住的地方也算近，手機定位基本上在同一個地方。

班代被傳喚了好幾次，在精神耗弱的情況下，說的話已經顛三倒四。

不過，好在我今天有過來看他，有人陪他聊天的話，他才會比較好，不會一直胡思亂想。

然而事實證明是我太天真了，明明我離開他家的時候，他還揮手對我說著下次見，也對他隔壁的租戶打了招呼，但是當天晚上，他卻跟小光一樣自殺了。

為此我震驚不已，不斷跟警察說，要自殺的人不會說「下次見」，他一定不是自殺。

但除了自殺，卻沒有其他可能性。

他是服毒自殺的，警方檢驗為氰化鉀，但是他哪來的氰化鉀？

警方明明可以因為一個白色信封一路追查到班代購買的書局，但是卻連他怎麼得來氰化鉀都查不到，就以兇嫌畏罪自殺結案。

那是我第一次明白，警方的無能為力。

不，其實不是第一次不是嗎？

小時候我的父母虐待我，警察又做了什麼？我知道警察沒有錯，很多時候他們不是萬能的，他們也受到法律的約束。

也就是這時候，我大約明白了警方能力的界線，以及在什麼樣的情況下，即便沒有直接證據也會被誤認為嫌犯，甚至就被當成兇手。而又是怎樣的狀況下，能夠隔岸觀火。

大家的記憶力都很不好，班代就是太過熱心，才會忘記很多事情。

那白色的信封，全班每個人幾乎都有一封啊，那可是班代為了某次匿名投票買來給全班的，一個人至少都有個兩封。

可是班上沒有一個人記得，連班代也忘記自己為什麼會買那材質特殊的信封了。

有些人或許拿了就丟掉了，有些人或許留著也忘了。

我記憶力雖然不好，但是這點我還是記得的。

畢竟，我得拿不是自己的東西才行。

在班代自殺過後，我們班在愁雲慘霧之下迎接畢業。

大概是因為班上兩位同學的死亡，加上過程太撲朔迷離，某種程度上會想到不幸的詛咒，導致班上同學都想避開這樣的厄運，於是畢業以後，大家並沒有想特意保持聯繫。

我找到了一份不算差的工作，至少起薪還不錯。

同事間的氣氛也還不錯，唯一糟糕的就是我們的主管。

「這個報表是誰寫的？」林天益一到公司，就把桌面上的報表用力往前面一甩，瞬間滿天紙如雪花飛，但這景象一點都不陌生。

「我說過幾次，不要在我下班以後把報表放在我桌上，是誰？自己撿好再交過來。」他把名牌包往椅子上一丟，摸了摸禿了一半的頭頂，眼神掃射著我們所有人，十足的主管架勢。

「是、是我。」我起身，林天益瞥了我一眼。

「向湇，是聽不懂我說話嗎？你來多久了？」

「一個月了。」

「一個月夠久了，為什麼還是會犯這種錯誤呢？」

「因為您昨天說把東西放在桌上就好。」我照實說，聽到其他同事倒抽一口氣，而林天益的表情變得難看。

「所以現在是說我的錯了？」

「不是，是我不……」話還沒說完，林天益已經把他桌上其他的紙張往我身上丟。

「滾！」

我彎腰撿拾著地板上的報表，然後拿回位置上準備重新列印與裝訂。

這時候經理走了過來，林天益一見到經理來了，立刻起身露出諂媚的笑容。

「那個報表呢？」經理急匆匆的問。

「報表？什麼報表？」林天益疑惑。

「市場分析那個報表，九點開會要用到啊，不是說昨天就要放在我桌上，怎麼都還沒看到？」經理十分著急。

「啊。」林天益這時候才想起來，我放在他桌上的報表，就是經理要的，他看了我一眼後大喊：「向清，不是叫你報表昨天就要給嗎？怎麼到現在都還沒看到？」

「我……」我想要抗議反駁，但是旁邊的同事卻踢了我的椅子一下，用眼神示意要我忍住。

「我正在裝訂……」

「怎麼動作這麼慢？公司這麼好混嗎？」經理勃然大怒。「動作快點！」

「抱歉抱歉，我會好好管教。」林天益陪笑，然後只著我吼：「快點弄好，拿到會議室裡面！」

接著他們兩個便進去了會議室，而我則趕緊把東西處理好，一邊憤恨不平想著，我明明做了該做的事情，為什麼還要背黑鍋呢？

我很棒、我做得很好、我很勇敢、我辦得到。

但我只能在內心這麼說，鼓舞自己。

***

「向清，林天益那蠢豬就是這副德性，但無奈的是我們什麼也不能做。」我和同事在下班後來到居酒屋，一邊吐吐今天的苦水，一邊抱怨林天益。

「他是有背景嗎？不然這麼鳥，怎麼能當上主管？」我喝下啤酒，覺得十分委屈。

「你沒看到他那麼會拍馬屁？以前人家說社會很殘忍，但出社會後才發現社會其實很仁慈。」同事擺擺手。「反正呢，不要理他，等到有新人過來，林天益就會轉找新人麻煩了。」

他們都說，這是林天益的習慣，總是喜歡對新人下馬威，而我正好就是最菜的那個。

「聽說下禮拜就有新人來報到了，你運氣很好喔！」同事安慰著。

但我忘記從小到大，我的運氣從來就沒有好過，新來的臨時放鳥，於是我還是最菜的，如果是這樣還不打緊，但扯的是林天益出了一個大包。

非常低級的錯誤，在與客戶簽約的條件上寫錯了金額，且低得離譜。而他之所以沒有發現那明顯的錯誤，是因為客戶刻意與他相約在酒店簽約，在酒醉與小姐的情色誘惑之下，他就這樣簽下了合約。

然而他卻把這個錯誤推到了我身上，說著那天是我和他一起去酒店，一起簽約的。

「我是和主管一起去了，但是我沒有進去，我在外面的車上等！」我在會議室裡面極力否認。

「你之後進來，而我去廁所，要你幫我審閱合約，最後出來時你說簽好了啊！我沒有再確認一次我也有問題，但是最大的錯是在你身上啊。」林天益皺眉，說得臉不紅氣不喘。

「好了，不要再爭了，現階段我們合約就簽下去了，只能問律師那邊有什麼解套方法。」副總嘆氣，揮了揮手要我們都出去。

才剛離開會議室，林天益立刻狠狠瞪著我。

「你罩子放亮一點，小子。」他小聲的威脅我。

「你……！」

「向淯！」

經理喊了我，打斷了我原本要反駁的話語。

林天益對經理陪笑，然後又瞪了我一眼，回到了他自己的辦公桌。

我跟著經理走進另一個會議室，他要我坐下，嘆一口氣說：「你就接受吧。」

「什麼？」一瞬間我聽不懂他的意思。

「這件事情的責任，你就承擔下來，我不會虧待你的。」

我以為聽錯了，但是看經理這麼認真的模樣，我只是問了句：「為什麼要幫林天益？」

「你不用管那麼多，總之……」他將一張支票放在我面前。「這個數字你收下，然後跟上面承認是你犯的錯，請辭表示負責。」

那支票上面的數字雖然不是天文數字，但也不算小，至少比我在這工作的年薪高。

「我又不是傻了，承擔下來到時候公司要我賠，我哪賠得起。」

「不會有那種事情，我們可以拿到酒店的監視器證明簽約的人並不是你，公司也知道這件事情。但上頭需要有人當替死鬼，而那個人不能是主管階級，這樣怎麼領導下面的人？」

經理說得老實，簡單來講，就是需要犧牲最菜的人，這樣子才有臉繼續領導下面的人。

「大家都知道錯的不是我。」我冷聲。

「但至少檯面上不是主管階級的人出包。」經理說：「這筆錢與保密條約你在這看過後考慮一下。」

看他行雲流水的行為，我想這並不是他們第一次這麼做，這也難怪林天益會這麼囂張，這種彷彿只會出現在電視劇裡面的潛規則，沒想到會讓我遇到。

「我知道了。」我簽下合約，拿了那張支票，在這間公司任職時間正好三個月的時候離職，背下了這個大黑鍋。

然後過沒多久，就傳來林天益被人殺死的消息。

「你說林天益被人殺了？」聽到這震驚的消息，我差點把嘴巴裡的麵給噴出來。

「是啊，死法很慘欸，嘴巴被塞滿了碎玻璃，現場全部都是血，很可怕。」前同事打了個冷顫，但又繼續吃起自己的湯麵。「不知道他是得罪了誰。」

「他得罪的人應該很多吧。」我忍不住回應，前同事哈哈大笑起來，說這是地獄梗。

離職後兩個月，聽到了林天益死亡的事情，說實在的沒什麼真實感，畢竟離職後也沒有每天和他見面，加上本來也就不算喜歡這個人，所以對我來講，沒什麼特別的。

只不過，不知道為什麼，對他死亡的消息，我並沒有很訝異。

好像冥冥之中，我早已知道了這件事情一樣。

我停下手上的動作，為什麼我會覺得自己知道？

「林天益什麼時候死的？」我問。

「上個禮拜啊，新聞也報很大，雖然沒有說出他的名字，但媒體有來我們公司樓下拍攝，也有提到是林姓主管，所以蠻明顯的。你應該也有看到電視吧？」

「喔，有啊，有看到。」

原來是這樣，因為我在電視上看過了，所以聽到才不覺得訝異。

「不過嘴巴都塞滿他珍藏的酒瓶碎片，也算是死其所好啦。」我又開了一個地獄梗玩笑，大夥兒們笑了幾聲以後，其中一個人停頓了下。

「嘴巴不是塞碎玻璃？是塞酒瓶碎片嗎？」

這句話讓其他人也思索起來。「是啊，我記得新聞是說玻璃。」

而我愣住。「不是酒瓶嗎？林天益收藏的紅酒瓶的碎片，我記得地面上的液體除了血以外，還有紅酒啊。」

「是這樣嗎？哪一臺新聞這樣講？」

「是啊，我記得是說玻璃碎片跟滿地的血。」

大家討論起來，怪了，那我這記憶是怎麼來的？

「真奇怪，我是哪裡看到的？」

「還是哪個網路頻道有深入報導？現在資訊太多了。」其中一個人說。
「大概就是這樣吧。」我聳肩。
「不好意思，幫你們上菜喔。」服務生正好過來送餐，我們幾個人歡呼著。
於是林天益的死亡話題，這道菜還沒吃完前，我們就已經不再討論了。

＊＊＊

林天益滿意地看著自己酒櫃裡珍藏的酒，最近才又和酒商訂了一批價格不菲的紅酒，雖然有些高價，但要進貢給公司的長官們，值得。
「得要會做人才行啊。」林天益摸著自己肥滿的下巴，從酒櫃上拿下了一瓶義大利還葡萄牙的紅酒，他其實不懂酒，反正只要貴就是好，這點準沒錯，他就不相信有多少喝酒的人真的懂酒。
至少，那些上司也是如此。
他搖晃著酒杯，拿起一瓶紅酒倒入，在偌大的客廳裡開啟了交響樂，雖然對音樂也沒涉獵多少，但這樣的環境、紅酒、音樂，彷彿自己的檔次也提昇不少。

他沉醉在自己的想像之中，閉起眼睛坐在要價十幾萬的單人沙發上，一手搖晃著紅酒杯，一手想像拿著指揮棒在空中揮舞，指揮著CD裡的音樂，好像自己在國家演奏廳一般，臺下有千人在聽。

他太過沉浸在自己的想像之中，連有人闖入了他家都不知道。

穿著黑色衣服、戴著黑色口罩的男人站在林天益的面前，歪頭看著他用力指揮的模樣，當手揮動時，嘴角的肉也會跟著晃動。

當林天益拿起酒杯啜飲時，男人以為他會睜開眼睛，發現自己站在他面前。但是沒有，林天益還是沉浸在他的想像裡。

男人環顧了一下這重金打造卻毫無美感的客廳，所有的擺設看起來都很昂貴，可是卻亂無章法的陳列在各處，沒有主題。

「果然一個家可以顯現出一個人的品味啊。」男人低語，林天益抽動了一下眉毛。

交響樂太大聲，他根本沒聽見男人的聲音。

男人打開了酒櫃，然後隨便拿了幾瓶酒，走到林天益的面前，毫不猶豫地舉起手，用力往林天益的頭頂砸下去。

「哇！」閉著眼睛的林天益頭頂頓時感受到撞擊，再來是液體噴灑了全身，來不及意會到自己被攻擊，他茫然地張開眼睛，還以為是什麼東西掉下來撞到自己，所以當他一睜眼看見一個黑衣人站在自己面前時，著實嚇了好大一跳。

「你、你你你……」他一句完整的話都講不出來，接著就感覺到頭傳來疼痛感，他伸手摸了自己的頭，在近乎紫色的紅裡頭，淌流著鮮紅。

「啊！啊啊啊！」他大聲驚叫，但男人馬上又拿了酒瓶往他頭上砸去。

再一次的痛楚傳來，林天益嚇得就要逃，可是他被地面上的液體給絆倒，重摔在地，他立刻爬起來想要前進，可是失血過多讓他一陣頭暈，就在這樣短短的瞬間，男人又砸了幾瓶酒在他頭上，趁著他頭昏眼花時，男人將他從地面上拉起來，丟回那張沙發。

然後，在林天益還來不及逃跑、尖叫、掙扎的時候，男人已經用破碎酒瓶的鋒利處，劃破了林天益的喉嚨。

男人的力道、手勁拿捏得恰到好處，使得林天益的脖子血液大量湧出，他連尖叫都無法，只能眼睜睜看著血液流淌出自己的身體，並感覺到身體逐漸冰冷。強烈的暈眩襲來，他最後只能瞪大著雙眼，看著男人把碎掉的酒瓶塞入自己的口中，並且用力按壓自己的下巴，強迫自己嚼食那些玻璃。

他的舌頭傳來痛楚，鐵鏽的味道在口腔內蔓延，脖子的傷口很痛、嘴裡也痛，他感受到死亡的逼近，卻不懂自己為什麼會被殺。

林天益驚恐的雙眼看著對方，只能見到男人的眼睛，有點熟悉、卻又想不起來是誰。

他得罪了誰嗎？他得罪了很多人。

可是，沒有嚴重到會被用這樣的方式殺死吧？

你是誰？

他很努力地張口要問，可是只換來輕微地開合，聲音完全發不出來，眼前逐漸黑去的時候，他聽見男人說著：「讓我背黑鍋、禍從口出、活該去死。」

「我很棒、我做得很好、我很勇敢、我辦得到。」

林天益瞪大眼睛，原來是他……

接著眼前一片漆黑，陷入永遠的黑暗。

「向清，這個東西你處理好了嗎？」

「好了，在這裡。」我將放在一旁的資料交給小江。

「謝啦，你東西真是處理得好又快。」他一面翻著資料，一面稱讚。「對了，她來了喔。」

「誰來了？」

「羅小旻啊。」小江擠眉弄眼的。「你不是在追她嗎？」

我瞪大眼睛。「哪有啊！不要亂說！」

「不是嗎？我看你跟她很有話聊，不是要追她嗎？」小江驚訝道。

「我只是和她有話聊，並沒有要追她啦。」我趕緊澄清，回頭看了羅小旻正好舉手和我打招呼。

「哈哈哈，我還以為嘞！」小江笑著，拿著資料夾就離開了。

「嘿，向清。」羅小旻走到我的位置邊。「今天過得如何？」

「還可以囉。」或許是被小江講了那一下，害我現在十分在意周遭人的眼光，總感覺大家都在偷看我們的一舉一動。

「怎麼了？在看什麼？」羅小旻發現了我的不對勁，也跟著東張西望。

「沒什麼啦。」

「喔。來，這個是我們的續約合約，還有下一次的進貨量。」她從包包拿出資料夾交給我。

「喔，謝啦。」

羅小旻是我們公司固定往來的廠商業務，她有著漂亮的臉蛋與姣好的身材，但或許是公司性質，又或是她刻意為之，漂亮的五官隱藏在她的素顏和眼鏡之下，姣好的身材也埋沒在寬鬆的服飾中。

不過真是奇怪，為什麼我會知道呢？

「小旻，我幫妳拿到了，給妳。」旁邊的女同事筱婷拿了一個紙袋過來。

「真的假的？」羅小旻感激地接過，看了一眼紙袋內。「天啊，謝謝妳，幫了我大忙。」

「不客氣，畢竟妳有急用啊。」

「是什麼東西？」我問。

「喔，我最近好像被跟蹤了。」羅小旻扯了一下嘴角，十分無奈。

「跟蹤？」我驚訝地重複。

「是啊，我男友家裡剛好有賣，所以我就趕快先買了。」筱婷一旁說著。

「辣椒水、防狼噴霧、哨子之類的。」羅小旻把紙袋內的東西給我看。

「確定有跟蹤狂嗎？長怎麼樣？」

「我不知道，沒有明確地看到那個人過，可是就是可以感覺到有人跟著我，那種視線很強烈，有時候連在家裡都會感受到。」羅小旻打了冷顫。

「妳一個人北上工作，又自己租屋，還是小心為上，公寓有管理員嗎？」筱婷擔憂地問。

羅小旻搖頭。「租金便宜比較重要，哪有那麼好有管理員呀。」

「在家裡也可以感受到視線的話，是不是要去拜拜比較好？」為了緩解氣氛，所以我這麼說。

「如果是鬼的話還比較好。」羅小旻翻了白眼。「前兩天我在公車上睡著了，結果到了某一站忽然有人很用力的拍我，醒來是一個媽媽，她問我是一個人搭車嗎？我想說怎麼會問這種問題，結果她才說剛才我睡著的時候，有個男的坐在我旁邊一直盯著我看，而且靠得很近，後來他好像發現那位媽媽在看他，就馬上下車了。」

「超可怕！妳有去調公車上的監視器嗎？」筱婷驚叫。

「沒有，當下根本沒想那麼多，我馬上就下車趕快回家了。」羅小旻搓著自己的手臂。「回家的路上，我也一直感覺到有人跟著我，我完全不敢回頭，後來躲到便利商店裡面好幾個小時才敢離開。」

「好可怕喔！妳快點交個男朋友，讓他保護妳啦！」筱婷邊說邊用力拍了拍我。

「幹麼啦！」我有些不好意思，而羅小旻也尷尬地看著我。

「哈哈哈，我只是手滑啦。」筱婷曖昧笑著。「我要去開會了，不跟你們聊囉。」

說完話就跑的她，留下有些尷尬的我們。

「嗯，那我要去檢驗配料了。」羅小旻開口，而我也點點頭。

就在她往倉庫的方向走去後，小江立刻又衝了過來，扣住我的肩膀。「你啊！木頭嗎？怎麼不說『那我去保護妳！』嘞？」

「我幹麼要去啦，那不是增加她的困擾嗎？」

「怎麼會，英雄救美啊！」小江搖晃著我。「即便是朋友都會幫這樣的忙了，何況若你對她有意思，就更該這麼做啊！」

我對她有意思嗎？

的確離開了前公司後，來到這裡我過得還不錯，無論主管還是同事人都很好，而我負責的廠商業務也都很不錯，羅小旻就是其中一個。

她為人開朗直率，而且沒有心機，我和她的確很聊得來，但是要講到感情部分的話，似乎還少了點什麼。

不知道為何，我忽然想起了姊姊。

不曉得這幾年，她過得好不好。

下班時間，當我離開辦公室的時候，在一樓看見羅小旻的身影。她坐在大廳的椅子上，像是在等人一樣，一見到我就站起來，對我揮了揮手，輕輕一笑。「嗨，下班了啊。」

「對啊，妳在等誰嗎？」

「我在等你。」羅小旻咳了一聲，臉看起來有些害羞。「要不要一起去吃晚餐？」

我一愣，覺得心跳加快，看著眼前臉頰微紅的羅小旻，她垂下眼又抬起，看著我的模樣十分曖昧。

在這瞬間，這個表情，我明白了，她對我的心思。

『向湉啊，她喜歡你。』

黑影倏地出現在羅小旻的身後，分不清楚是爸爸還是媽媽，但是他們纏繞在羅小旻的身上，手搭著她的肩膀，在她臉頰邊呼氣。

『她喜歡你。』

『你要回應她。』

『不然就太失禮了。』

聲音此起彼落，而我忽覺一陣反胃想吐，但是當我再抬頭看著羅小旻的時候，黑影不見了，我也覺得好多了。

「我們一起去吃飯吧。」我笑著對她說，然而說出的話，做出的動作，都彷彿不是出自於我的意識一樣。

嘴裡有黑氣竄出似的，瞳孔也變成全黑，我像是個旁觀者，看著黑影主導著一切。

黑色的我，攬上了羅小旻的腰，她似乎嚇了一跳，卻沒有拒絕。

就這樣，和「我」一起往前方走去。

「我們要去哪吃飯呢？」

「我知道有家很好吃的店喔。」我輕淺一笑。「吃完以後，我陪妳回家，以防跟蹤狂。」

羅小旻露出漂亮的笑容。

漂亮的女人，不知道是不是在驚恐的時候，也會一樣漂亮呢？

第五章　屍體

羅小旻破碎的屍體被人發現的那天，是個天氣潮溼的雨天，聽說雨水融合現場的氣味，成為了一種難聞的惡臭，像是發霉的棉被在不見天日的地下室數十年一般，伴隨著眾多死老鼠。

現場的血跡噴濺了整個浴室，要說那浴室原本就是血紅色的也不為過。

然而雖然現場留有一些不完整的腳印，卻對掌握兇手毫無幫助，除此之外，就沒有其他兇手遺留的痕跡了。

警方判斷，羅小旻是事先被掐至窒息後，才被分屍，然而在這樣染滿血液的浴室之中，居然沒有任何兇手的DNA殘留，也著實奇怪。

這起駭人聽聞的案子讓社會人心惶惶了好一陣子，更別說是熟悉羅小旻的我們了。

「向清，警察找過你嗎？」筱婷皺起眉頭，看起來十分哀傷。

「找過了。」我也十分難過。

「我明明有給她防狼噴霧，但是卻毫無作用……早知道我就給她更有殺傷力的武器了……」筱婷說完後便哭了起來。

「妳不要責怪自己，這誰也沒想到啊。」小江嘆氣。「你們怎麼跟警方說的？」

「就說羅小旻提到有跟蹤狂。」我如實說。

警察約在兩天前依序找過我們，雖然說我們都認識羅小旻，但畢竟不算是她緊密生活圈的人，對於她的跟蹤狂詳細情形我們都不知道，警方更是不可能透露他們查到的線索。

不過，能確定的是，警方確實知道羅小旻有個跟蹤狂，似乎正在找尋可疑人士中。

「到底是怎樣喪心病狂的傢伙，才會把人分屍？」我握拳敲桌，心疼羅小旻生前受到多大的恐懼。

「新聞說她是先被掐死才被分屍的……到底有什麼深仇大恨……」筱婷又哭了起來。

「向淯，你還好嗎？你們不是互相喜歡嗎？」小江問起了感情這塊，但我搖頭。

「我和羅小旻只是朋友。」我澄清，但想起那天羅小旻的微笑，忽然覺得十分難受。「那天我明明說了要送她回家的……」

「哪一天？」小江問。

「就是……」忽然我的記憶有些模糊，那一天是哪一天？我記得羅小旻說了跟蹤狂的事情，所以我提議一起去吃飯，還可以順便送她回家。

是小江叫我護送她的那天嗎？還是羅小旻在大廳等我的那一天？

「羅小旻遇害是哪一天？」我問。

「你忘記了？」筱婷覺得不可思議，說出了日期。

「啊，對，就是因為她遇害前幾天，我和她一起吃過飯又送她回家，所以警察才會找上我。」

「向清，你是怎麼了？記憶中斷？」小江皺眉。

「對，我有點恍神，搞不太清楚日期。」我扯了嘴角。「希望快點抓到兇手。」

「沒錯，把那種變態繩之以法！」筱婷義憤填膺。

羅小旻遭人殘忍殺害的事情，很快就被某議員的醜聞給遺忘，這宗案件一直處於原點，無論是兇器、兇手、動機等，全部都找不到。

更別說羅小旻提起的跟蹤狂了，警方調閱了數百支監視器，都沒看見羅小旻和他人提過的跟蹤狂，於是這宗案件就這麼不了了之，被其他更新、更聳動的事件給掩蓋過去了。

不過，還是有一些奇怪的事情發生在我周圍。

例如，我在自己的租屋處發現了羅小旻的耳環。

我會記得這是她的耳環是因為，在吃飯的時候，羅小旻不斷地將自己的頭髮往耳朵後勾去，她頸部到肩膀的線條很美，那耳環在飽滿的耳垂上顯得格外亮眼。

小小的，綠色方形耳環，非常漂亮。

「這是我阿嬤手工製作的，世界上獨一無二喔。」

我記得當時羅小旻這麼說過，所以說，為什麼這個獨一無二的耳環，會出現在我的家中，這件事情非常不可思議。

雖然覺得怪異，但我可沒笨到把這件事情告訴其他人，因為羅小旻的東西出現在這裡的話，我一定就會被當作第一嫌疑犯，問題我不是啊！

我知道自己不是兇手，可也不想淌這渾水，所以就讓這耳環留在我這。

「但是為什麼？」我忍不住發出這疑問，什麼樣的情況下會拿下耳環？洗澡？

但羅小旻根本沒有來到我家過，是要怎麼洗澡？

況且耳針不見了，如果是洗澡的話，拿下耳環後耳針會在上面才是，可是這裡卻沒有，表示是掉下來，或是……被扯掉？

「別多想了。」我放棄思考，拿出床底下的盒子，將耳環放了進去。

這個盒子裡頭，有許多我沒有記憶卻出現在我家的他人物品，有一些東西我知道是誰的，但有些東西卻不曉得是誰的。

或許隱約之中，我自己也不想探究背後的意義。

總覺得，會得到我不想知道的答案。

＊＊＊

在羅小旻的死亡過去幾個月後，我從那間公司離職了。

沒什麼特別的原因，就只是想換個環境，也順便換個跑道。

我穿著西裝來到新的公司報到，這裡是汽車銷售廠，在這一塊我還是大菜鳥，所以需要有前輩帶著我。

當我一邊熟讀汽車的各項資訊時，人資帶著資料來讓我填寫，並且告訴我一些注意事項，然後喊來了另一個男人。

「這位就是之後帶你的人，也是我們這邊的銷售冠軍，跟著他你會學到很多。」人資這麼說著，但我的眼睛卻緊盯著眼前的人，不敢相信自己看見了什麼。

「你好啊，我是鄭一濬，反正就是真誠為上就是了。」他嬉皮笑臉著，與高中的模樣完全不同，黑色的頭髮往後梳、穿著得體的西裝、手上戴著很貴的錶，看起來過得很好。

「真誠嘞，是嘴油吧。」人資打了他一下。

「林姊，話可不能這麼講喔，我靠我這張嘴做了不少業績呢。」鄭一濬笑著，對我伸出了手。

「請多指教啦。」他看了眼我的履歷。「向淯。」

他，不記得我了。

明明那麼慘烈的欺負過我，明明我在他面前見了血，明明他被退學了。可是他的人生並沒有被毀掉，甚至過得風生水起。

看見他，我才明白，這世界上是沒有報應的。

「向淯，你這一次也做得很好喔！」鄭一濬拿起酒杯與我乾杯，而我笑著

Misa
雙向禁錮
作者 尾巴Misa
插畫 葉長青

也與他碰杯，一口喝下全部。

「這都是前輩帶得好。」我這麼說，讓鄭一濬笑得可開心了。

「哎呀，這還真是美好的同事情誼呀。」林姊則在一旁呵呵笑著。

為了群體的和諧，美其名是交流，所以我們團隊每一個月都會聚餐一次。

我幾乎都是忍著想要吐以及想要逃離的衝動，參與每一次聚會。回家後，我總是會抱著馬桶吐上好一陣子，高中時期被欺凌的畫面歷歷在目，眼前的和樂與平穩，都像是假的一樣。

但不得不說，在鄭一濬近乎無私的帶領之下，我銷售汽車的業績非常好，甚至一度超過鄭一濬，我還以為他會露出本性中傷我，但他卻由衷地祝福我，還買了禮物恭喜我。

這讓我好幾次都懷疑，以前欺負我的那個他，是不是他的雙胞胎兄弟。

「最近我收到了高中的同學會通知，在考慮要不要參加。」林姊喝了一口酒後，分享起她的生活。

「為什麼不去呢？變老太多嗎？」小沈白目地說。

「亂講！我可是青春永駐。」林姊翻了白眼。「是會見到以前學生時代的男友啦，那時候分得很不開心，雖然過去很久了，但還是怪怪的。」

「沒想到林姊是會在意這些的耶，我還以為林姊是很瀟灑的類型。」鄭一濬說。

「我內心還是有纖細之處啊。」林姊搖著手指。「話說回來，像你這樣的男人，高中時候應該很受歡迎吧？」

我內心一緊，握緊著酒杯看像鄭一濬。

來吧！你會說出實話嗎？高中時候，你是惡名昭彰的不良少年，你欺凌了無數的人，你甚至幾乎要逼死我，還威脅要傷害古子芸姊姊。

不，我諒你不敢！你不會說出那段足以毀了你如今形象的過往，你會說謊，說自己是風雲人物，還是助人為快樂之本的單純善良男孩，把過往全部粉飾太平，與自己現在的人設相符。

「我高中喔……有走偏一陣子啦。身邊有一堆小嘍囉，然後到處欺負人家，最後被退學，轉到其他地方了。」

他這段話，讓全組的人都瞪大眼睛，包含我。

為什麼？他為什麼會說實話？這些過往不是很丟臉嗎？為什麼會老實說？

難道他一直都記得我？

我驚訝地看著他的雙眼，只見他聳肩一笑。「過去很不成熟啦，也很丟臉。我後來改過自新，很認真的生活著，才沒有走偏到哪去，成為大家現在眼前看見的自己。」

「哇，能承認自己過往的錯誤並不容易耶。」

「是啊，果然是成功人士才有的表現。」

「鄭一濬！我對你另眼相看了。」

眾多同事紛紛佩服起他，還拿起酒杯敬他，鄭一濬不好意思地笑著，與大家乾杯。

怎麼回事？為什麼講得如此正面又積極？為什麼聽起來像是個改過自新的好人一樣？

反省過後，過去做過的那些事情就可以一筆勾銷了嗎？

好像那些被傷害過的人不原諒他，就是不夠仁慈？

我握緊著酒杯，覺得十分可笑。

他是反省到哪裡去了？明明連最大受害者的我的臉都記不起來，連我的名字都忘記。

在那自命清高地說著改過自新、反省，然後就邁出新的人生，還把過去那段當做自己前進的動力。

我活該命賤嗎？就這樣成為你的墊腳石？

『所以說啊，向清，那時候就該殺了他的。』

『是啊，誰叫你只選擇傷害自己，有夠笨啊。』

黑影說著話，什麼時候兩道黑影已經合而為一了？它巨大、張狂，黑色的粒子擴散到整個包廂，把每個人的臉都掩蓋住了，讓我看不清楚大家的眼睛，只有那笑著的嘴上揚，像是以前嘲笑我的那群人一樣。

我用力搖頭，然後把酒一口氣乾掉。

「向清，你還好吧？」林姊看我喝得急，如此詢問，瞬間黑影消失，包廂又恢復原本的樣子。

「沒事，只是有點渴。」我言不由衷地說。

「渴就再多點幾杯啊！」鄭一濬招手叫來了服務生，然後詢問了大家要點些什麼，接著最後更是誇下海口說：「這一餐我請客！」

所有人歡呼，現在的鄭一濬，受到眾人喜愛，他的那些黑暗過往，反倒成為襯托他如今的光芒。

「話說回來，鄭一濬以前就是所謂的霸凌者對吧？」小沈忽然這麼說，欺負人和霸凌兩種雖然都在說同一件事情，可是後者聽起來言重多了，使得現場頓時有些尷尬。

「沒錯。」而鄭一濬呼口氣，稍稍嚴肅。

「我看過一個研究啊，他說學生時代的霸凌者，在往後出社會後，大多也是成功人士。反之，那些被欺負的人，在往後出社會大多也都是比較邊緣的類型。這也說明霸凌者天生有一種領導氣息，才會讓很多人追隨他去做這樣的事情，對吧？」

我瞪大眼睛，這是什麼鬼話？

「嗯……你這麼一說，我想起了小學時班上欺負人的同學，他到了國中、高中也都是他人追隨的對象，我記得他現在好像還是銀行高階主管，所以你這麼說好像也有點道理。」林姊附和。

「啊，好像是這樣呢。」接下來幾個人也都跟著點頭。

簡直是要瘋了，他們知道自己在說些什麼嗎？

這些人正是因為是旁觀者，才能雲淡風輕說這種鬼話！

「別這麼說，被人欺負也不是他們願意的。真正有錯的，是我們這種欺負人的人。」鄭一濬制止了大家，皺著眉頭十分嚴肅。

「說的也是，我們不該這麼說的。」

「是啊，鄭一濬你真善良。」

「那些人一定也會原諒你的。」

是不是搞錯什麼了？

善良這兩個字，怎麼會用在鄭一濬身上？

即便他真的改過自新，他曾經留下的傷害並不會消失。

原不原諒，是我決定，不是這些旁觀者能下定論的。

放在桌面下的拳頭握得老緊，我彷彿看見黑氣從我的身體發出。

穿著白袍的古子芸姊姊站在保健室中，對我微笑著說出那句咒語。

『我很棒、我做得很好、我很勇敢、我辦得到。』

我辦得到。

酒席結束以後，我們各自走上回家的路。

但是我卻停下，想了想後，轉身追上了鄭一濬。

「鄭一濬！」我喊他，而因為喝了不少酒而臉頰紅潤的他回過頭。

「唷，向淯，怎麼了嗎？」他的腳步有些不穩，一手從口袋伸出對我一揮，然後歪頭。

「我想說你喝得不少，我送你回去吧，這樣比較安全。」

「哈哈，不用了，我又不是女生。」他聳肩。「況且我家就在這附近，一下就到了。」

「那這樣的話，我方便去你家打擾嗎？」這是一個機會。

但是是什麼機會？

我也不知道，就是在那個瞬間，我腦中出現了這樣的想法。

「喔？續攤嗎？」鄭一濬笑著，揉了一下鼻子。「可以啊，我今天很開心，就來吧。」

「你是一個人住嗎？」

「是啊。」

「是有管理員的那種大樓嗎？」

「沒錯。」

我停下腳步。

「怎麼了嗎？」

「沒什麼，我想今天還是不過去了。」

「這麼突然？」鄭一濬打了個嗝。「也好，我好像比想像中的還要醉。」

我扯嘴角一笑。「那明天見了。」

「明天見吧。」鄭一濬轉身，我一直看著他的背影，直到他消失在轉角。

我不知道自己跟著他回家要做什麼，因為我並不想和他喝酒。

但是當我知道他住的地方有管理員，會有人看見我後，我就打消了和他回去續攤的念頭。

那我原本到底要做什麼？

我搖搖頭，總感覺頭腦脹脹熱熱的，好像忘記了什麼一樣。

那天我回家後，久違地夢見了高中時光。

我的高中生涯唯一的意義，就是與古子芸姊姊重逢，而有她在的保健室，就是我高中唯一的重要聖地，那對我來說，有著特殊的意義。

是我唯一能安心睡覺的天堂。

可是今天，我卻夢見了鄭一濬。

高中時期的他，嘴裡叼著菸，帶著戲謔的神情跨坐在我的身上，不斷對我揮舞著拳頭。

夢境中的我則像是第三者一樣，站在旁邊看著這一切發生。

高中的我既瘦弱又懦弱，完全沒有反抗的能力，任由鄭一濬單方面的不斷毆打，而我一點抵抗動作也沒有。

他的拳頭上都沾上血了，卻絲毫沒有停下的打算，甚至越打越起勁，臉上還帶著笑容。

這樣的人，怎麼可能在往後改邪歸正？

他應該會走偏、加入幫派之後坐牢才對，怎麼會變成正常世界裡面的頂尖業務？

為什麼躺在地下的我，明明是受害者，好不容易擺脫了他，在多年後卻依舊是鄭一濬的小弟？

我活該嗎？被欺凌者就永遠是底層的？

「向湞。」

場景猛然轉回到保健室，穿著白袍的古子芸姊姊坐在椅子上，白色的窗簾飄逸，風吹動她的頭髮，她伸手將頭髮綁了起來，繼續低頭看著手上的資料。

不知道她在看些什麼，而我慢慢地走向她。

「姊姊。」我開口，但是她沒有看向我這邊。

不過，她卻往後頭的床鋪位置看了一下，然後站了起來，拉開了床簾，我看見穿著高中制服的自己躺在那。

「向淯，起來了。」她對我喊，可是我文風不動。

她伸手，輕輕搖晃我的手臂，但我睡得很沉，然後我看見了自己的臉上都是瘀青，身上也有被毆打的傷痕。

「向淯啊……我終究沒有拯救你嗎？」古子芸姊姊低喃，掩面哭泣。

我從來不知道，她曾經在我睡著的時候哭泣著。

姊姊，妳已經為我做得夠多了，但我卻還是讓妳這麼擔心。

我為自己當初的怯懦感到羞恥，也為了現在還是跟以前一樣懦弱感到可恥。

「我會拯救你的，向淯。」古子芸姊姊一笑，伸手摸了躺在床上的我的額頭。

忽然畫面一轉，是站在車子展示中心的我和鄭一濬。

他威風凜凜地在眼前比手畫腳，對我解說著車子的各種性能與特性，還有主要推行的點，並且教會我銷售的訣竅。

而我拿著筆記認真聽著，並一邊記錄。

這令我憤怒地握緊了雙拳。

黑色的氣體像是墨汁一樣沾染了視線，纏繞住了我，好多聲音充斥在我的腦中，交纏著，他們快速又急切地說話，我沒辦法一一聽清楚。

可是我覺得冷靜多了，那些羞愧的心情已經消失，我感覺到自己的內心彷彿是一面平靜的湖，沒有任何情緒。

我張開眼睛，發現自己在「現實世界」，昨晚到底是怎麼回家、怎麼上床睡覺的？

我完全沒有記憶。

好像才剛看見穿著西裝的鄭一濬在前方的轉角離開，下一秒我就在夢境之中了。

從床上坐起來，我感覺自己好像有哪裡不太一樣。

伸手看著掌心與手背，輕輕握拳，總感覺好像比較有力量。

手機的鬧鐘響起，我立刻關閉，自己居然在鬧鈴響之前起來。

我想起了夢境裡頭，那高中時期的鄭一濬，依舊會氣憤得發抖。為什麼這段時間我能夠在他身邊一起工作呢？

好吧，今天就去提辭呈吧。

最後，我還是只能像個窩囊廢一樣，夾著尾巴逃離。

我一面刷牙，一面打開了電視新聞當背景音，並回到浴室梳洗。

出來後我換上西裝，想著該怎麼說明離職理由，不經意看了一眼電視新聞畫面，瞬間一愣。

『……目前已確定造成三死五傷的慘況，其中起火點認定為鄭一濬家中，警消人員不排除是人為縱火，但是否為鄭一濬放的火，還需要釐清……』

我的心跳加快，不敢相信眼前所看見的，嘴角的笑容也不斷攀升。
這是……上天實現了我的願望嗎？
鄭一濬居然死於火場之中！
不行，我得控制表情啊！
我顫抖著穿好衣服，費力地控制著上揚的嘴角。
叮咚——
我的心臟像是被人撞擊一般，嚇了好大一跳。
這麼早，會是誰？
我沒有任何朋友，也從來沒有人來過我家，所以會是誰？
有種不好的預感，我從貓眼看了出去，只見兩個男人站在外頭。
叮咚——
其中一人又按了電鈴，我這時候才注意到他們身上的制服——
「向先生，我們是警察，有些問題想要請問你。」
警察？

警察為什麼會找上我？

不對，找上我也很合理，因為我們到了昨天都還在部門聚餐，所以除了我以外，一定也有找其他同事。

我雙手擦了一下屁股後方的褲子，去除手汗，然後看了一下玻璃反射的自己，狀態還行。

接著我打開門，扯了嘴角看著眼前兩位警察。

「我看到新聞了。」我側身，讓他們瞧見我後頭電視的畫面，兩位警察頷首。

「方便詢問幾個問題嗎？」

「當然可以，請進。」

「不用了，我們在這邊就好。」

兩位警察是老鳥與菜鳥的搭配，向我提問的明顯就是菜鳥，戴著眼鏡，看起來頂多三十，面容清秀，叫做小蔡。

而站在後面的老鳥應該快五十，黑裡參白的中分頭髮，表情略微嚴肅，叫做老葉，他在後頭左看右看，看似漫不經心，實則在觀察細節。

「請問你昨天最後一次見到鄭一濬是什麼時候？」

「晚上十點多，我們聚餐結束以後，我原本想找他續攤，但後來作罷。」我如實說。

「為什麼作罷？」

「因為他說他住在有管理員的大樓。」我說完這句話，老葉轉過頭來皺了一下眉頭，我趕緊澄清。「因為有管理員的大樓，不就表示有管委會嗎？這樣子如果我們太吵，就有可能被抗議。」

「有管委會的大樓很多，照常與朋友聚會的人也很多。」老葉開口，我想也是，自己說著這種無法說服人的理由，只顯得更可疑。

我聳肩，不發表任何評論。

「那之後你就回家了嗎？」小蔡接著問。

「對，然後就是早上看見新聞，你們就來了。」

「有人可以證明你的行蹤嗎？」

「沒有，我一個人住，這裡也沒有管理員。」

「了解。」小葉點頭。「那鄭一濬是怎麼樣的人？交友關係又如何，這點你清楚嗎？」

「我不清楚，我和他不熟。」

「你有想過警察會來嗎？」老葉忽然問。

「我是看到新聞，又聽到你們按電鈴以後，才想到應該是會找所有昨天和鄭一濬吃飯的人問話吧。」

「沒錯，我們會輪流找一遍。」小蔡記錄下我們吃飯的餐廳、時間，還有我回到家的時間後，就把本子收到自己的外套口袋中，並拿了張名片給我。「謝謝你，有想起什麼再隨時跟我們聯絡。」

「不會。」我收起名片，準備關上門的時候，老葉卻忽然壓住了我的門板，讓我和小蔡都嚇了一跳。

「不覺得奇怪嗎？」老葉似笑非笑地看著我。「明明是普通的火災，死者也非鄭一濬一人，為什麼警方會調查鄭一濬的行蹤？」

「因為新聞不是說起火點在鄭一濬家中嗎？」

「但即便如此，正常人都會覺得是鄭一濬自殺或是縱火吧？」

這瞬間，我懂老葉的暗示。

「鄭一濬是被殺的？」

「唯有如此，我們才會調查周邊的人，不是嗎？」老葉鬆開了門板。「但我可沒說他是被殺的。」

他瞇著眼睛看我，而我也露出一個淺笑。「那我就不清楚了，就像我前面說的，我和鄭一濬並沒有很熟。」

「但你似乎是他帶的後輩。」

「就只是前輩後輩關係，工作上和私下是不同的吧。」

「明白了，我們下次再見。」他說著，然後往後退一步，轉身離開。「小蔡，走了！」

「是！」小蔡立刻跟上，而我在關門前，都一直盯著老葉的背影。

＊＊＊

「我嚇一跳，警察怎麼會來找我們？」

「對啊，我接到電話嚇一跳欸，個資法呢？」

「我是直接被找上家門，老婆還以為我犯罪了。」

同事們的聲音此起彼落，每個人都很驚訝警察的到訪。

「但是更讓人震驚的是，鄭一濬怎麼會發生這樣的意外。」

「沒想到昨天才一起吃飯……早知道就續攤了。」

「不過話說回來，為什麼一場意外，警察會找上門？」

「是啊，警察來時我還問說，不是意外嗎？為什麼要調查鄭一濬。」

最後一個問題，是林姊問的，所有人也無法理解。

這時候我才真正注意到自己與他人不同的地方，我對於警察的出現沒有絲毫懷疑，彷彿就像認定了鄭一濬的死不單單只是一場意外。

不過，那也是因為新聞有說出不排除人為縱火，加上起火點又是在鄭一濬家裡不是嗎？

「警察跟我說有可能是他殺。」我告訴同事們，他們瞪大眼睛。

「他殺？怎麼會？」

「不是說是火災嗎？怎麼會是他殺？」

「鄭一濬有得罪誰嗎？」

他得罪的人可多了，我也是其中一個。

但是我可沒有殺鄭一濬，我不會做這種事情。

「警察沒有說得明顯，但是如果只是意外的話，為什麼要找上我們詢問鄭一濬的行蹤？還問我鄭一濬為人如何。」

「說得也是，警察也有問我鄭一濬的人際關係，或是有沒有和客戶有什麼衝突。」林姊咬著下唇。「怎麼會有這種事情發生。」

「鄭一濬真的是被殺的嗎？」

這個猜測在幾天後，從新聞上面得到證實。

法醫解剖鄭一濬後發現，他先是被人下藥昏迷，又被打了好幾拳，但真正的死因是吸入過多濃煙而窒息，遺體也被燒得辨識不出原本的面貌。

起火點就在他家的客廳沙發，犯人應該是在上頭放了許多易燃物品然後點火後離開。

然而一樓的管理員並沒有見到鄭一濬當晚有帶人回來，而後出入的人員也沒有特別可疑的對象。當火災發生以後，因為一陣混亂，監視器也被濃煙覆蓋，已經沒有參考價值。

鄭一濬死了，被人殺死了。

雖然不知道那個人是誰，但我由衷感謝。

就這樣，我還是從工作崗位離職，順便搬家了。

再過了幾天，新聞公布了一個影像畫面。

穿著連身黑色帽T、戴著口罩的男人，從大廈後面的矮圍牆爬過，躲過了大廳管理員的眼睛，並從樓梯間一路到達鄭一濬所在的樓層。

由於鄭一濬家的門鎖沒有被撬開的痕跡，所以推測是鄭一濬認識的人，才會毫無防備地開門，引狼入室。

而那個男人的整體模樣，讓我覺得有些眼熟。
跟多年前襲擊小光的人，相似度很高。
甚至連衣服和裝扮，都十分相像。

第六章　追捕

「帥哥，要點些什麼呢？」頭髮捲捲的阿姨，手上的鏟子沒有停過，手腳俐落地下蛋、翻蛋、煎培根、切塊等，一氣呵成。

「我要起司蛋餅和奶茶。」我稍微看了一下菜單後，立刻點菜。

「今天不吃玉米蛋餅了嗎？」阿姨又問，我笑了笑。

樓下的早餐店阿姨為人親切，並且擁有驚人的記憶力，我曾經親眼見識過一次五、六個人來點餐，七嘴八舌地一口氣說出自己要的早餐，只見阿姨不慌不忙，井然有序地說出了每個人的餐點，並且還依照順序出餐。

我由衷佩服，她比我認識的任何人都還要強大。

所以，我住在這邊好一段時間了，每次都會來這間早餐店，點的東西也大同小異，所以這位阿姨很自然就記住我了。

「高淑君的包裹！」送貨的大哥站在外面喊。

「放在這邊就好，謝謝啦！」阿姨手上的鏟子繼續攪動著麵條。「好啦，帥哥，這是你的早餐。」

「謝謝。」

即便我對阿姨的印象也很鮮明，但是不曾與阿姨多聊些什麼，有時候在路上遇見她，也都是阿姨先主動跟我點頭打招呼的。

我將早餐掛在自己的機車把手上，發動引擎後離開。自從離開賣車的工作後，我也沒有與那裡的同事聯絡，他們打過電話和訊息給我，也都被我忽略了。

畢竟也不是什麼要好的莫逆之交，同事不就是下班不認識嗎？況且離職的原因還是因為我受不了鄭一濬死亡後，瀰漫全公司的低迷氣氛才離開，所以更是減退了我與他們保持聯絡的動力。

殺死鄭一濬的兇手，目前鎖定在監視器那名黑衣男子，可是無論警方如何追查，就是找不到他的下落，而後新聞被另一位議員仙人跳的桃色糾紛給掩蓋過去，慢慢的已經沒有人在討論鄭一濬的案件。

放在口袋的手機傳來震動，我趁著停紅燈時拿出來看，顯示老葉的未接來電。

「真是纏人。」我碎念著，把手機放回口袋，在綠燈時催動油門，這時候口袋又傳來了震動。

自從鄭一濬事件後，老葉很喜歡打電話給我閒聊。

有時候只是問我在做什麼，有時候又問我最近過得如何，偶而又會問到鄭一濬死亡那晚，我們做了什麼。

我曾經反問老葉，是不是在懷疑我的犯案可能，否則為什麼要一直與我聯繫，別的同事都沒有。

但是老葉只是說：『我無聊啊，感覺你很聰明，所以想問問你有沒有想起來什麼事，卻沒有告訴我？』

「沒有。」

我也總是這麼回應，就真的沒有啊！

抵達公司後，我拎著早餐打了卡，來到自己座位並打開電腦，拉出上上禮拜的銷售報表，一面吃著早餐一面與上禮拜的業績比對。

手機這時候又震動起來，因為專注在看報表所以沒注意來電者，順勢接了起來。

『還以為你封鎖我了呢。』老葉的聲音又從那頭傳來，我皺了眉頭。

「哪兒的話，我怎麼可能封鎖警官您呢。」

『要是沒有封鎖的話，怎麼這麼多通電話都沒接呢？』

「我總是有自己的事情要忙吧，不可能二十四小時等候您來電啊！」我沒好氣地說：「剛才在騎車，現在到公司了。」但還是乖乖匯報了剛才的行程。

『今天晚上有空見個面吧。』

「我可沒興趣和警察約會啊。」我笑了起來。

『不然我們現在到你公司找你也行。』

笑容僵在嘴角邊。「你知道我新公司在哪？」

『並不難找。』老葉的聲音似笑非笑，背景音裡傳來了救護車的聲音，而這麼巧，我公司外的大馬路上也有救護車經過。

「下班後要約哪裡？」我站到了窗邊往下看，想當然耳，不可能看見老葉的身影，即便他真的在。

『哈哈，就在我們局裡，如何？』

「我不方便，又不是犯人，為什麼我要去警察局？」

『誰說一定是犯罪才能進去警察局？除非你……』

「你想暗示什麼？」

『我可沒說什麼。』老葉停頓了幾秒。『不然就你公司附近的咖啡廳吧。』

「好。」說完後我立刻掛斷電話。

老葉的語氣還有他態度的質疑，都讓我覺得很不舒服。

怎麼鄭一濬這個人無論是生前死後，都這麼給我添麻煩呢。

「向淯，你已經整理好了喔？」大白吃著漢堡，經過我的座位時驚訝地看著我的螢幕。

「是啊，不是十點要開會嗎？」我微笑著看他，他則聳肩。

「每個禮拜都差不多，基本上一個月做一次就好，不懂我們老闆在堅持什麼。」大白說的話我也認同，不過有些人就是覺得數字化才看得清楚。

「對了，你之前說的聯誼是什麼時候？」

「就這個禮拜六啊，你不要遲到嘿！」大白伸出拇指。

「知道啦。」我也回敬拇指。

在這間電商工作起來很愉快，除了被數字追著跑壓力有些大以外，其他都還蠻開心的。或許是全體都要一同背負網路流量與業績的關係，同儕競爭反而沒有比同業競爭激烈，所以同事之間感情很好。

大白就像是以前大學時代班上的公關一樣，負責人際交流方面，講白一點，就是很會舉辦聯誼，各行各業都可以指定，公司已經有好幾個人因為他的聯誼而認識另一半，聽說還有人結婚時包紅包給他，把他當作月老呢。

「不過向淯啊，你長相不錯，我們公司薪水也不錯，怎麼會沒有女朋友呢？」大白勾住我的肩膀，好奇問道。

「我也不知道，沒什麼興趣吧。」

「難道你是喜歡男生嗎？」

「不是，但就對於交往這件事情沒什麼興趣。」

「從來沒有一個女生能夠讓你心動？這麼奇怪？」

在這個瞬間，我的腦中揚起了白色窗簾，窗外的陽光灑落至潔白的床鋪，銀色的醫療器具在細心的保養之下，顯得閃閃發亮。

一個穿著白袍的女人就坐在滾輪椅上，她低頭寫著日誌，聽見我的腳步聲時，她會勾起垂掛在耳邊的頭髮，抬眸望向我，然後露出笑容。

向湇，你來了？

原來，我一直都很喜歡古子芸姊姊啊。

是什麼時候開始喜歡古子芸姊姊？

第一次看見她的時候？第一次和她說話的時候？

她第一次邀請我去她家的時候？還是第一次為我奮不顧身的時候？

或是，當我高中重逢她的時候？

穿著白袍站在保健室裡頭，對著我微笑，再一次為了我挺身而出，並鼓勵我的她。

還是說，是在好多年以後，在餐廳巧遇到了她後，這樣的感情才甦醒過來呢？

為了古子芸姊姊，我什麼也願意做，然而我卻在這種時候，已經與古子芸姊姊斷了聯絡後，才發現自己喜歡她。

於是我到社群平臺想找尋古子芸姊姊的帳號，看有沒有機會和她聯絡上。

我不奢望她會喜歡我這樣的毛頭小子，但只要能和古子芸姊姊保持聯繫，知道她過得很好的話，這樣我就能放心了。

只是無論我怎麼找，都沒有找到她的帳號，或許她不用社群，又或是她不是使用本名。

總之，要再找到古子芸姊姊，彷彿是天方夜譚。仔細想想，我對姊姊的了解非常少，就連她具體來說是念哪一所大學，我也不知道。

「我很棒、我做得很好、我很勇敢、我辦得到。」

我喃喃地念著這句話，彷彿這成為了我和姊姊唯一的連結。

下班以後，我依約來到了附近的咖啡廳，老葉已經坐在裡面，他身旁的小蔡當然也在。

小蔡對我揮手，我則板著臉走到他們那，一屁股坐了下來。

「什麼事情？」

「別這麼拘謹啊，現在是吃飯時間，點個東西吧？」老葉把菜單遞給我。

「不需要。」

「吃吧，我們可以報公帳。」小蔡說著。

「你們就是這樣浪費納稅人的錢嗎？」我諷刺地說。

「這是必要花費啊。」老葉聳肩。

好啊，我就點個最貴的吧。

「話說，你真的沒有事情要告訴我們嗎？」

「不用一直重複這句話，你覺得我需要告訴你什麼？」我反問。

小蔡看了眼老葉，獲得頷首後，拿出胸口的本子說：「根據我們查到的資料，你和鄭一濬畢業自同一所高中。」

我不意外他們會查到這一點，聳肩道：「技術上來說，我們不是畢業同一所高中，他不是轉學了嗎？」

「沒錯，他是轉學了，但你們還是曾經待在同一所高中。況且從你不意外的反應看來，你早就知道這件事情了吧？」

「鄭一濬是有名的不良少年，沒人不知道。」我聳肩，大口吃下剛才送上的牛排。

「不，你遺漏了很重要的部分。」老葉皺眉，微笑說：「造成鄭一濬轉學的原因，是你，不是嗎？」

我挑眉。「怎麼會是我造成的？是他自找的，怎麼會是我的錯？」

我想起了那天餐會，那些「被霸凌者自有被霸凌的原因，本來就是社會的邊緣人」那番言論，讓我握緊了拳頭。

老葉理所當然注意到我的反應，他看了我一眼，然後說：「這就是你沒跟我說的事情，但應該還有吧？」

「還有什麼？」

「你和鄭一濬的關係。」

「我和他還能有什麼關係，我說了，我和他不熟！」我怒吼。

餐廳裡的人朝我們看了過來，小蔡有些尷尬，但是老葉倒不以為意。

「你應該很恨鄭一濬吧？」

「……」

「對，我們知道鄭一濬以前對你做了什麼，只要查到你們曾經就讀一樣的高中，再回去找那時候的老師或是學生，其實不難查出來。」

「所以呢？因為我對他有恨，兇手就是我嗎？」

「我沒這麼說，只是當你隱瞞這件事情以後，就會讓我覺得有點問題。」

「我知道說了會被懷疑，所以才不說。」我繼續吃著牛排，想著他們是回去問學校的誰，那群以前旁觀的老師們會說嗎？還是以前那些同學？

鄭一濬都不記得我了，那些旁觀的學生會記得？

忽然我握著叉子的手一緊，有可能嗎？

難道他們是找到了姊姊嗎？

「你就不好奇我們找了誰？」老葉彷彿看透我的心思。

「我不需要好奇。」但是我的手已經有些顫抖，是啊，警察確實有能力可以找到姊姊，我有機會可以重新與姊姊聯絡上。

「是一位老師。」他的話讓我停下了動作，抬頭看著他，而就憑我這樣的一個動作，老葉笑了。

因為他知道我在乎。

「是古子芸老師嗎？」我問了出口，但老葉沒有回答。

＊＊＊

「玉米蛋餅和奶茶對吧！」高淑君阿姨一見到我走進來，馬上說出了我要點的餐點。

「對，今天吃一樣的。」我說，然後朝座位區走去。「啊，今天內用。」

「好喔，難得呢！」阿姨說著，快速地把蛋和玉米攪和在一起。

我來到座位區，看著牆上電視正在播放著新聞，這時候奶茶也送上來，將吸管戳入的時候，新聞忽然又說起鄭一濬的事件。

這讓我眉頭一皺，還以為這已經被世人遺忘了呢。

與此同時，我的手機響起，而阿姨送來了玉米蛋餅。

「來來，趁熱吃啊。」

「謝謝。」我邊說邊拿出手機，看見來電號碼後不悅地皺了一下眉頭。猶豫了一下，決定不接。拆開筷子夾起蛋餅送入口中，然後看著電視新聞畫面。

『日前鄭一濬火燒案件有了新進展，根據我們獨家消息，警方已經鎖定特定嫌疑人，疑似被害者的舊識……』

我愣住，鎖定嫌疑犯？

這時候手機又響起，我立刻接了起來。

『哎呀，接了接了。』老葉的聲音傳出。

「有什麼事情嗎？」我冷著聲音。

『不知道你看到新聞了沒有？』

「什麼新聞？」

『我要找一天拜訪你，有空嗎？』

「不是已經聊過了？有完沒完？」我怒吼。

『不一樣啊，這一次我們找到了嫌疑人。』

「所以？」

『需要你來指認一下，你應該也認識喔。』

我認識？

『你的高中同學啊。』

「……是誰？」

『你明天來警局就知道了。』老葉說完掛掉了電話。

『根據調查，鄭一濬在學期間曾經霸凌過許多人，警方日前懷疑兇嫌為高中時期，曾經被鄭一濬傷害的人之一，我們實際掌握……』

「哎呀，忘記幫你淋醬油了。」早餐店的阿姨拿著醬油膏又到我身邊。

「謝謝。」我微笑。

「不客氣啦。」她看了一下電視新聞。「哎呀，聽說這個兇手是以前被欺負的同學耶。」

「是嗎？我沒有在關注這個。」

「唉，都是過去的事情了，有必要為了這種事情殺人嗎？」

這種事情？

我抬頭看了阿姨。「妳是說被欺負的人不該這麼做嗎？」

「是啊，都高中的事情了，那時候不都小孩子嗎？根本不知道自己在幹什麼，這麼多年後還為了以前的事情犯罪，不值得啦～～」

「阿姨，我要點餐！」一位客人站在櫃檯前。

「喔喔！來了！」阿姨對外頭喊。「不聊啦～～」

而我握緊拳頭，微微發抖。

為什麼都是被欺負的人的錯？

難道我們連為自己伸張正義的資格，都沒有嗎？

高淑君從剛才就覺得有人跟著她，這讓她頻頻回頭，可是巷子裡頭除了自己以外，就沒有別人了。

沒事的，樓上好幾戶人家的燈都亮著不是嗎？現在也不過是晚上七點而已，這條巷子的垃圾車剛過，還很早，一定只是自己多心。

她拉緊了自己的包包，裡頭還有著今天剛發的薪水。雖然現在網路轉帳很方便，但是高淑君的發薪日剛好是繳房租的日子，所以她便和老闆商量直接給現金，讓她回家就能順便把租金交給樓下的房東。

不過今天她卻為了這樣的方便感到有些後悔，要是有人知道了她的領薪模式，徘徊在這邊要搶錢該怎麼辦呢？

想到這裡，她將背包拉得更緊了。

她快步往家的方向走，後頭的腳步聲卻似乎配合著她的步伐而忽快忽慢，這讓高淑君心臟跳得飛快，好不容易走到她家樓下的紅鐵門，她拿出早就放在口袋的鑰匙插入門鎖，可是因為太過緊張，導致她一直沒辦法把鑰匙準確插入門孔之中。

那腳步聲越來越近了，幾乎就在她身後，高淑君倒抽一口氣，肩膀上被人用力拍了一下。

「高小姐。」

「哇！」

她大叫，回過頭卻見到一臉驚訝的房東先生。

「高小姐，妳沒事吧？叫這麼大聲。」

「啊……我以為……」高淑君往後頭的巷子看去，並沒有其他可疑人士，甚至有些鐵門還有住戶走出來。

「看妳走得這麼快，是有什麼要緊事嗎？」

高淑君皺眉，是自己太敏感了吧，現在時間這麼早，巷子裡頭還有許多人進進出出的，一定是最近太累了，才會一直以為有人跟蹤自己。

「你來得正好，房東先生，這個月的房租順便給你。」

「好啊好啊，妳這些年來房租都沒有遲交過，要是租客都像妳這樣，那我就輕鬆許多了。」

「這是當然啦，能遇到像你這樣的好房東，才是我三生有幸呢。」高淑君笑著與房東先生聊天，兩人進到了樓梯間，關起了鐵門。

黑衣男子從電線桿後頭望了眼，拉低頭上的帽子，然後轉身離開了巷口。

隔天，高淑君被人用刀刺死的消息，成為了眾多新聞的冰山一角。

＊＊＊

「老闆，我要……」我頓了一下，發現早餐店掌廚的人換了，不是原本的阿姨。

怎麼會呢？那位阿姨雖然不是老闆娘，可是她做很久了，不太可能會離職吧？

「要點些什麼？」掌廚的是以前負責倒茶的阿姨，她看起來有些憔悴，表情怪怪的。

「喔，玉米蛋餅跟奶茶。請問之前的阿姨離職了嗎？」

「……」阿姨神色哀戚。「她發生了一點意外。」

「意外？是什麼意外？」我驚呼。

「新聞都有播出來……」阿姨的眼眶充滿淚水，後面又有別的客人來，打斷了我的問題，我只好先入座。

新聞正播報有獨居女子被殺死的消息，懷疑是強盜入侵，原先我沒多加在意，但是聽到其他桌的客人正討論著這則新聞。

「就是這個啦！被殺掉了啦！」

「好可怕喔，強盜欸！那附近不是都不安全了。」

「門窗關好就好了啦。早上我還有看見記者過來這裡耶。」

「畢竟是她工作的地方啊。」

這下子我才仔細看那則新聞，所拍攝到的街景都熟悉無比，最後更是看到這間早餐店出現在螢幕上，我大驚，立刻拿出手機找尋。

高淑君半夜在家被入侵的強盜用她家的陶瓷刀給刺傷，最終失血過多而死亡。高淑君是個不相信銀行的人，所以都將現金擺放家中，她家中的錢財全部被一掃而空，警方因此判斷為強盜入侵。

但是強盜怎麼會知道高淑君家中有大量現金呢？若是隨機選中的話，那附近都沒有失竊的狀況，況且同棟樓還有戶人家門窗都未鎖也無人在家。

於是警方懷疑可能是熟人作案，但是一切都在調查中。

我簡直不敢相信，阿姨會遇到這種可怕的事情。

玉米蛋餅被放到了桌上，我吃了一口，和阿姨做的口味差很多。

雙手合十，我在心中對阿姨默哀，然後將玉米蛋餅全數吃光。

＊＊＊

下午，我依約來到警察局，到底是哪個高中同學是嫌疑人，還需要我來指認？

話說回來，我又沒有高中同學，當初我被欺負時，根本沒有人理我啊。

我坐在一張沙發上，身旁的員警來來去去，似乎非常忙碌，在這裡我很不自在。

「搞什麼，和我約好卻不在。」我咕噥一聲，決定離開。

「唉啊！抱歉，久等啦！」老葉和小蔡正從外面走進來，對著我招手。

「您好像在忙，我就先走了。」

「是很忙，但是還是要見見你啊。」老葉朝一旁的會客室比了一下。「到裡面去吧？」

我看了一眼，搖頭拒絕。「在這邊說就行了。」

「怎麼了？難道在密閉的空間會讓你覺得被懷疑嗎？」

我瞪了老葉一眼，一屁股坐上了沙發。「我只是覺得這裡更自在。」

「可是沒辦法，我說了要請你指認人，所以還是得到裡面去才行。」

「我沒有任何高中同學，也沒有和鄭一濬有什麼共同朋友，找我指認這一點本身就很奇怪。」

「但你這不是來了嗎？」老葉挑眉。

「我要走了。」我起身，決定不做停留。

「古子芸。」但是老葉卻忽然講出了我最在乎的名字，促使我停下腳步。

我看向他，過於驚訝的神情使老葉又笑出聲。「這下子可以進去了吧？」

他甚至沒有轉頭，就直接往會客室走去，而小蔡則對我比了請的姿勢，我握緊拳頭，跟著老葉，小蔡則跟在我後頭。

警局的會客室意外的和電視上差不多，我坐上老葉對面的椅子，皺起眉頭盯著他看。

「為什麼提到古子芸姊姊？」

雖然我知道先開口就輸了，但是我實在太過在意，畢竟我多想要得到古子芸姊姊的消息。

而老葉就像是終於掌握住我所在乎的東西一般，得意地高起嘴角一笑，伸手示意我別急，然後坐到我的對面，小蔡也跟著坐下。

老葉緩緩開口：「嫌疑人就是古子芸。」

我有沒有聽錯？嫌疑人是古子芸姊姊？

「這怎麼可能！」我想也沒想，就大聲反駁。

「為什麼不可能？」老葉卻挑眉。

「姊姊不可能會傷害人，更別說殺人了。」

「為什麼？你明明很久沒跟她見面了不是嗎？」

「你怎麼會知道？」我停頓。

「你以為我們又是怎麼知道你高中時期和鄭一濬的事情？」

「不是回去高中找人問……」我再次停頓，聯想到了他剛才說的話。「難道……」

老葉揚起嘴角的微笑。「你想的沒錯，就是古子芸說的。」

「姊姊人在哪？」我激動地問，而小蔡露出狐疑的表情。

「你不埋怨她說出你的過去嗎？」

「為什麼要？」

「因為告訴我們，不就變相地把你當嫌疑人嗎？」小蔡想了想。「有種要讓警察懷疑到你身上的感覺。」

「怎麼會？姊姊說的是實話，我確實被欺負過……而且我也沒有殺人，姊姊也不可能殺人……姊姊人在哪裡？我能見她嗎？」

老葉對於我的反應感到有些意外，他可能本來以為我會生氣或是覺得被背叛，但是他小看了我和古子芸姊姊的關係，無論姊姊對我做什麼，我都不會生氣的。

「她是嫌疑人，你不能見她。」

「我說了，姊姊不可能會殺人，你們為什麼會懷疑到她頭上？要是你們好好調查過她，就會知道她多善良，對我多好，她不可……」

「就是因為她對你很好，才會為了你出頭不是嗎？」老葉說的話有多荒謬，但卻讓我猶豫了。

姊姊會為了我殺人嗎？

但我很快搖頭否決。「姊姊的確人很好，也為了我做很多。可是如果她會為了我殺掉鄭一濬，那不用等到現在，高中時她就能這麼做了。沒必要在鄭一濬改過自新後的現在做這種事情……」

我頓了一下，抬頭看了老葉後說：「姊姊沒有殺人你們也知道，不是嗎？」

老葉似乎有些訝異我會這麼說，但是從他的表情看來，他似乎也沒真的認為古子芸姊姊是嫌疑犯。

而我卻忽然意會到一件事情，既然他知道姊姊不可能殺人，那又為什麼要這樣說話？

然後我就明白了，因為他懷疑的是我。

他不知道怎麼查到了古子芸姊姊，或許也真的找到了姊姊。然後透過古子芸姊姊的話，明白我們的關係堅不可摧，所以他才會故意用這種試探性的話語，讓我以為他們懷疑姊姊，看我會不會說出什麼不利的話。

「我沒有殺人。」

「你沒有不在場證明。」老葉的雙眼變得嚴肅。

「我說了，我在家。我一個人住，沒辦法證明。」

「我會持續觀察你的。」老葉並不相信。

吧。

我也不想跟他爭，反正他認為我是，我怎麼說都沒有用，就讓時間來證明

不過我也好奇，自己到底哪裡惹他懷疑了？就只是因為我以前被鄭一濬欺負過，然後現在又恰巧與他一起工作？

要是被鄭一濬欺負過就可能殺他的話，那要殺鄭一濬的人可多了，應該還輪不到我吧。

想到這裡，我忽然理解為什麼他們會找古子芸姊姊了。

「你能得知我的過往，想必是從古子芸姊姊那聽來的沒有錯。可是為什麼姊姊會告訴你這些事情，我想或許是你告訴她你懷疑我是兇手。姊姊可能為了要洗清我的嫌疑，所以才把過去的事情告訴你們。」姊姊或許是認為以前的我並沒有展現任何暴力傾向，更甚至是用傷害自己的方式來面對霸凌者，不可能會有殺人嫌疑。

但我想，老葉他們應該是不相信這點吧。

「所以，我能見到古子芸姊姊嗎？你們有她的聯絡方式吧？」我盯著老葉

看。「姊姊難道沒有說要見我嗎？」

「她說不需要和你見面。」小蔡在一旁回覆。「這是真的。」

我大受打擊，怎麼可能姊姊會不見我？

「你說謊。」

「我們沒有說謊。」小蔡有些急躁。

「你們都說了那麼多的謊，又怎麼會差這一個謊？姊姊不可能說不見我的。」

「她說你洗清了嫌疑再去見她，所以我認為你不可能見到她。」老葉補充，看著我的雙眼依舊充滿懷疑。

「如果找不到我有罪的證據，那我就是無罪的，別在這邊浪費時間，再這樣下去，我要投訴你們擾民了！」我直接站起身，但今天並不是沒有收穫，至少我在某種程度上和古子芸姊姊有了交集，而且我知道姊姊相信我，對我來說，這就夠了。

＊＊＊

老葉他們一直找不到其他嫌疑人，卻還是一直跟蹤我，這雖然讓我覺得厭煩，但如果當作是警察在保護我，這樣倒也不錯。況且他們曾經和古子芸姊姊有所接觸，想像著他們是我與姊姊的聯繫工具，那就寬心不少。

某天我發現跟蹤我的小蔡已經不在了，鬆了一口氣的同時，也覺得有些小失落，畢竟我已經習慣他們的存在。

我將租屋處鎖上門，來到電梯按下按鈕，這時我聽見了鄰居家的門鎖也打開，穿著西裝的中年男人手裡拿著粉色書包，而穿著國小制服的小女孩則正在穿鞋子。

「早安。」爸爸先和我打招呼，我也與他點頭微笑，而他朝自己的女兒說：「沒有跟叔叔打招呼？」

什麼叔叔啊，我還算是哥哥吧。

「早安。」小女孩露出稚嫩的笑容對我說，還稍微敬禮了一下。

「早安。」我也回應。

電梯門打開，我們三個一起進到了電梯裡，小女孩接過了爸爸手裡的書包背了上去，那書包看起來都比小孩大了。

「學生真辛苦呢。」我忍不住開口，而爸爸也笑著說。

「是啊，但人一生中最懷念的也是學生時代。」

「哈哈。」我陪笑回答，我可一點都不懷念學生時代呢。

「今天您比較晚出門？」我問，畢竟平常可沒有遇見他們。

「對，千莫他們學校現在可以晚一點上課，所以就依照我的上班時間送她就好。」

「原來是這樣。」

電梯抵達一樓，門開啟的時候，我先走了出去，然後對他們說再見。

楊先生的車子停在地下室，每天都會開車送女兒上學，下課再由楊千莫的阿嬤去接她放學。

每天都是一樣的行程，十分規律。

楊家人，住在我隔壁。

楊千莫的年紀比我第一次和古子芸姊姊講話的時候還要小，除了年紀，她的際遇也和我完全不同，她的家庭十分美滿幸福，有著愛她的爸爸媽媽，把她捧在手掌心上。

被愛的孩子，是很容易看得出來的。穿著乾淨整齊的衣服，表情總是帶著微笑，清澈的雙眼彷彿世界沒有悲傷一般。

要是以前的我和她站在一起，那差異大概就是光與影這麼明顯吧。

所以我很羨慕她，也有點嫉妒她。明明都是人，為什麼有些人就是能擁有好父母，而有些人就只能被父母毒打？

明明是最需要從他身上得到愛的人，卻總是換來謾罵、輕視與惡意，直到他們死了以後，都還是在糾纏著我。

雖然，父母的黑影好像消失很久了，但我的記憶常常是不完全連貫的，有時候我一回神，明明應該是在看電視，卻變成在浴室洗澡。

這或許是小時候被打的後遺症，導致我現在的記憶偶而會有些空白。我也想說要去看醫生，但想想又何必，我也沒有想活太久。

只希望死以前，可以再見一次古子芸姊姊。

她說，要我洗清嫌疑再去找她，她一定知道我沒有殺人，所以說這句話的意思，大概也是告訴警察她相信我。

那天以後，老葉已經比較少找我麻煩，而我也沒有刻意去找古子芸姊姊，樓下的早餐店也走出高淑君被殺的陰霾，招呼客人又恢復了熱情，一切都逐漸回到正常軌道，就這麼相安無事。

我在新的工作表現良好，才進來沒三個月就加薪，我想可以在這間公司待久一點也不錯。

一天下班回家時，正在樓下的便當店買飯，我看見穿著制服的楊千莫從楊先生的車上下來，走到了一旁的便利商店，接著楊先生便繼續開車，把車子停到地下室。

我有些好奇，楊先生平常對楊千莫幾乎是形影不離的保護，怎麼會讓她自己去便利商店呢？還是是因為那只是家樓下的便利商店，所以沒有關係呢？

雖然我想要多觀察一下，不過便當已經好了，我便提著便當離開。

回到租屋處後我還是很好奇，所以拿著便當站在窗邊，看著樓下的狀況。

楊先生停好車以後，從一樓走出來，過了大概十五分鐘，和楊千莫一起拎著晚餐回來。

手上的袋子是附近的鍋貼店，不知道楊千莫在便利商店買了什麼？

＊＊＊

「聽說殺淑君姊的人到現在都還沒抓到耶。」

「強盜隨機殺人很難抓，而且監視器幾乎都沒有拍到什麼。」

早餐店難得的又討論起了高淑君的命案，我吃著玉米蛋餅一面看著手錶時間，以免上班遲到。

不過奇怪，我什麼時候買了這隻錶？我又是什麼時候戴上的？為什麼一點記憶也沒有？

「好久不見。」老葉一屁股坐到了我的面前，讓我嚇了一跳，還以為他已經放過我了，沒想到又出現了。

「什麼事情？」

「沒什麼，只是我也來這吃早餐，剛好遇見你。」我完全不相信老葉說的話，好在我自己的早餐也快吃完了，所以我立刻把蛋餅全部塞到嘴裡，起身就要離開。

「哇，這手錶很貴吧？」但是老葉卻忽然誇讚起我的手錶。

「我不知道。」

「怎麼會不知道，我在新聞上看過啊，這隻錶沒幾十萬可是買不到的，你那份工作這麼好賺啊？我是不是也該轉職？」

老葉的話聽起來別有深意，令人怪不舒服。

「也許這是盜版的。」但我不會被他挑釁，所以準備離開這裡。

「你身邊的人發生意外的也太多了。」老葉的聲音讓我停頓，我回頭看著他。

「這是在暗示什麼嗎？」

「沒什麼，只是要說，你身邊的朋友發生意外的機率很高。你該請他們小心一點。」

「不是我要請他們小心一點，是你們警察該有所作為才對。」

「說來慚愧，我們警察通常能做到的事情都是善後，並不能防範。」老葉聳肩，他的餐點也正巧上桌。「你也小心一點吧。」

「謝謝忠告。」我瞇眼，離開了早餐店。

＊＊＊

我又看見楊先生把楊千莫放在便利商店前，然後自己去停車了。我稍微看了一下時間，大約快十分鐘後，楊先生才會來便利商店接她，兩個人會一起去拿晚餐回家。

我很好奇，為什麼楊先生從地下室走來便利商店頂多三分鐘而已，他卻要花到十分鐘呢？還有，為什麼楊千莫每天都要去便利商店呢？是有什麼東西可以買？

後來，我又見過他們幾次，發現他們來到便利商店的時間都很固定，於是有次，我特意算好了時間，先在便利商店裡面等著楊千莫進來。

果然她準時踏進了便利商店，接著她往座位區走去，我裝作要去領錢，也跟著走到了座位區。

楊千莫走到了一個看起來是大學女生的身邊，從書包裡面拿出了一些紙張交給她。

「好棒啊，妳每天都有寫呢。」大學女生笑著摸了她的頭，而我走過她們身邊瞄了一眼，是英文試卷。

「來，這是這個週末的，下禮拜一再給我吧。」大學女生拿出了幾張卷子交給她。

「老師，我要寫到什麼時候啊？」

「妳爸爸希望妳不要輸在起跑點上，所以才讓妳超前進度啊。」大學女生摸摸她的頭，沒有正面回應她的話。

「我討厭念書，也不想去學校，想要每天都在家裡。」

「不行啊，不好好念書，以後沒有工作怎麼辦？」

「又沒有關係，爸爸會養我啊。」楊千莫天真地說，那模樣讓大學女生笑了出來。

「也是，妳這麼可愛，妳爸爸一定會願意養妳一輩子的。」說歸說，大學女生還是把考卷塞到了楊千莫的書包裡。「我們下禮拜一見啦。」

「嗯。」楊千莫嘟嘴，轉身離開了座位區。

我從落地窗的玻璃看見楊先生過來接她了，而大學女生還坐在這裡。

我領了一千元，然後買了微波食品後回來座位區，坐到了離這個大學女生位置不遠的地方。

確保我等等要說的話，她能夠聽見。

我拿起手機假裝在通話，用雖不大但那女生可以聽見的音量說著：「小學我沒有接過，大多都是國高中生，不過既然國高中可以的話，小學應該也沒問題吧……是希望能提早準備國中課程吧？那這樣好……我後天可以去拜訪。」

說完以後我就掛掉電話，然後些些嘆氣，我斜眼看了那女生一眼，注意到她也正注視我，而我則淺淺一笑，她先是一愣，然後也回以禮貌的微笑。

「妳剛才聽見了吧？」

「啊，我不是故意偷聽的。」

「沒事，是我自己也講得很大聲。」我淺淺一笑。「請問一下，我剛才有看見妳給一個小學生試卷，妳是他的家教嗎？」

「欸……」

「妳也聽見我剛才的電話了，我後天要去面試一個小學生的家教課，但我只有教過國高中生，想問問看小學生該注意些什麼……」

「啊，這我可能也幫不上忙，因為嚴格說起來我不是她的家教，只是接受她媽媽所託，幫她出一些考卷然後再改考卷，並沒有教她，她會去補習班另外上課。」

「哇，每天幫她出考卷跟改考卷也很傷神勞心耶，而且還要兼顧自己的課業，妳是怎麼辦到的？」我問。

「沒有啦，畢竟是小學和國中程度的考卷，還應付得來，而且我也不是每天，只有一三五會和她約在這裡交換考卷。」女大學生沒有懷疑地告訴了我。

當然我也只是好奇為什麼楊千莫會常常過來，並沒有其他想法，畢竟哺乳類就是好奇啊。

「原來如此啊。」我微笑著。

我並不是壞人，我只是好奇。

於是，出於好奇，我又來到地下室的停車場，我記得楊先生的車子是進口黑色轎車，車牌是買的，四個八。而地下停車場共有兩層，第一層是平面車位，第二層則是機械車位。

我原先以為像楊先生這樣經濟還不錯的家庭會買平面車位，不過意外的在B1找不到他們的車，而後在B2的機械式車位找到了他的車子。我才想到，地下室的車位是用抽籤的，並不是用買的，曾經在電梯的公布欄上看過相關消息。

我站在機械式車位這邊觀察了一下，沒想到我們這棟大樓的機械如此陽春，只要稍微動個手腳就容易故障。

楊先生通常會先讓楊千莫在便利商店下車，而楊千莫進去跟女大學生交換考卷以後，看到楊先生在外面招手才會離開。

就算我引開了大學女生，楊千莫也不會沒看見楊先生就離開便利商店，加上便利商店也有監視器，我很難找到楊千莫單獨一個人的時候。

想到這裡，我忽然一愣。

我想要做什麼？

為什麼我要等楊千莫單獨一個人？

搖了搖頭，我離開了地下停車場，回到樓上的租屋處。

＊＊＊

我夢見老家的公寓，但是我卻像是第三者在看電影一樣。

我看見無可救藥的父母在毆打完小時候的我以後倒臥在床呼呼大睡，而我還趴在地上久久無法動彈。

看了就覺得心情差，對於自己的軟弱無力感到想吐，我想從夢中醒來，這些都已經是過去的事情了，我不想再看見一次。

不過似乎沒那麼容易，不是應該在認知到這是夢境時，就能夠醒來嗎？

躺在地上的我動了一下，然後緩緩起身，他的表情看起來憤恨難平，不該是小學生臉上該有的模樣。

接著他起身，畫面就像是電影運鏡一樣，我跟著他來到了廚房，然後

「我」鬆開了瓦斯的扣環，嘶的聲響出現，瞬間空氣中瀰漫著瓦斯味道。

這讓我有些狐疑，這是夢境沒錯吧？不是真的曾經發生過的事情吧？

否則，我怎麼會一點印象也沒有？

那又為什麼我會夢到不是事實的夢境？現在夢見這個又有什麼意義？

我的想法還沒得到解答，眼前的我忽然又把瓦斯扣環鎖緊了，然後打開窗戶，讓室內通風，使瓦斯味道散去。

然後他拿起水壺裝滿了水，將其放到瓦斯爐上，接著開啟了小火燒滾，「我」就這樣靜靜地站在瓦斯爐前面，看著那小火把水燒滾了以後，發出短暫的聲音，衝出的水很快將火澆熄，接著散發出了瓦斯的味道，隨即越來越濃。

接著，「我」就離開了公寓，待在一樓縮著身體，像極了受虐的可憐兒童，事實上，我的確就是。

我知道名為父親的人半夜都會起來抽菸，他當然沒有什麼室內不能抽菸的觀念，當他點火的時候，瓦斯就能引發爆炸。

不過當時的我也只是小學生，並不明白這有多不容易。我在一樓等了許久，早就超過父親該抽菸的時間，所以我回到了樓上，發現地板上有菸蒂，屋內也有些許瓦斯味，但是並沒有起火。

「失敗了啊……」小小的我低聲。「下次，我一定會成功的。」

＊＊＊

我張開眼睛，全身都是冷汗。

那個夢是什麼意思？那不像是夢，反而像是真的發生過的一樣。

可是我卻沒有半點記憶。

我記得父母的死亡，是因為瓦斯外洩加上香菸引燃，是因為這樣子，我才會夢到這種夢嗎？

因為我潛意識想殺掉自己的父母，才會用夢境的方式實現嗎？

但是在夢裡也沒有實現啊，況且我還說了句失敗……

我想起青春期時糾纏著我的那些黑影，想著他們都說是我殺了父母……難道真的是我動手的？在我無意識的時候？

不，不可能，我不可能會做這種事情。

「即便殺了，也是他們活該。」

「有誰會那樣對待小孩？」

「虎毒不食子。」

「他們不配為人父母。」

我一面抓著頭，一面說著這些話。

「沒有，不是我殺的！」

「我不會這麼做。」

「我是好人！」

我想起古子芸姊姊。

「我很棒、我做得很好、我很勇敢、我辦得到。」

我低語著，使自己冷靜下來，然後起身走到客廳，看了一下時間，貼上了貓眼。

「爸爸，快一點！」穿著制服的楊千莫站在他們家的門前。

「等我一下啦。」楊先生說。

「今天要早一點去學校啦！」

「妳不要急啦，等爸爸一下。」楊太太也說。

「今天我要開會，妳再去學校接千莫喔。」楊先生說著。

「好，沒問題。」楊太太微笑。

我看著楊千莫和楊先生走到了電梯那，然後告訴自己：「我很棒、我做得很好、我很勇敢、我辦得到。」

我在便利商店的對面站了一段時間，雖然今天是楊太太會送楊千莫過來，但現在早就超過他們平時會過來的時間，我卻還沒見到她們。

要不是那位女大生就坐在便利商店裡面，我還真懷疑他們今天取消了呢。

就在我又看了一下手機時間時，熟悉的車子出現在便利商店前，楊千莫下了車，而楊太太搖下窗戶對她揮手，確定楊千莫進了便利商店以後，才駛離便利商店前，開往公寓的地下停車場。

我看見楊千莫走到那位女大生旁，兩個人交換了考卷，坐下開始聊天。

而我立刻將手中的紙碗上頭的塑膠蓋打開一些，裡頭裝的是我早就點好的羹湯，然後往家裡的方向走去，刻意低頭看著手機，實則注意我前方的位置。

楊太太從一樓鐵門走出來，她也正一邊看著手機，而我刻意在快與她交會時，快速偏離了我原本走的軌道，與她直接相撞。

「啊！」

「妳沒事吧！對不起！」

我趕緊道歉，羹湯灑得她一身。

「你走路怎麼回事啊！」楊太太大叫，但她自己也在看手機，所以也沒資格罵我。

「真的很抱歉，我正好在處理公事，有沒有燙……楊太太？」

她一愣，看了我一下後有些尷尬的一笑。「哎呀，向先生。」

「真是抱歉，楊太太，妳還好嗎？都怪我走路不看路，衣服我會賠償妳的，妳有燙傷嗎？」我立刻拿出衛生紙遞給她。

「沒事，我自己也沒有注意，還好這湯也沒有很燙。」楊太太笑著接過，意思意思擦了下衣服。

人真是奇怪，明明是同樣的事情，若是陌生人就會爭到底，但只要遇到認識的人就會變得非常客氣。

所以我對楊太太微笑了一下，我知道她是很注重形象的人，不會頂著這樣有髒汙的衣服到便利商店去。

果然，她苦惱的表情顯露無疑，眼神還看向了對面的便利商店。

「真的很抱歉，清洗費多少我會出的。」

「沒關係，小事情而已。」她的眼神還在看著對面。

「請問怎麼了嗎？」

「咦？」

「因為我看妳一直在看對面……」我也跟著回頭假裝看了一下。「請問是需要買什麼嗎？我可以幫忙去買。」

「我沒有要買什麼，不用麻煩……」楊太太頓了一下，似乎在猶豫。所以我決定推一把。「是我害妳衣服髒掉了，這樣給人看到也不太好，沒關係，有什麼需要我幫忙的盡管說！」

楊太太抿了一下嘴。「好吧，真是抱歉，我不是要買東西，是我們家千莫在便利商店等我去接她。」

「對面的便利商店嗎？那我去接她，把她帶來這邊可以嗎？」

「那就麻煩你了。」楊太太看了一下對面。「我在這裡等你。」

「好，沒問題。」我隨手將紙碗丟到一邊，然後拿了衛生紙擦了下自己的手。

「啊，那不是你的晚餐嗎？」楊太太皺了眉頭。

「沒關係，我再買就可以了。」而我微笑，那本來就不是拿來吃的，只是一個道具罷了。

我走到了對面，在便利商店前還對站在對面的楊太太點頭微笑，然後才進去了裡頭。

叮咚。

我假裝先在貨架前找尋一圈，然後才走到座位區，看見大學女生和楊千莫都在這。

大學女生認出我，先對我點頭微笑，而楊千莫也跟著轉頭，然後喊了聲：「叔叔好。」

就說了我不是叔叔，楊先生這傢伙亂教孩子。

「嗨，千莫。」我微笑。

「咦？你們認識啊？」大學女生有些驚訝。

「對，我們是鄰居。原來妳的學生就是千莫啊？我上次沒有仔細看，直到她媽媽剛剛跟我說她在這，我才知道。」

「喔……」大學女生看起來有些狐疑，我是不是解釋太多了？

不過算了，也沒有關係。

「我媽媽說什麼了？她在哪裡？」楊千莫背起她的書包，東張西望地往落地窗外看。

「妳媽媽在家樓下不小心和我相撞，衣服被我弄髒了，所以她請我帶妳回去。」我雙手放在膝蓋上，與楊千莫視線平行地說話。

「好，那我……」

「等一下。」女大生機警地站了起來。「你說楊太太在對面嗎？」

「是啊。」

「不好意思，我和你一起過去吧。」大學女生快速把桌面上的東西收好，放到了她的提袋內。

「不用這樣麻煩，妳不是很忙……」

「沒關係，我和你一起過去吧。」她堅持，我也只能微笑同意。

就這樣，我們三個一起出了便利商店，站在斑馬線等紅綠燈時，其實是可以看見我們家樓下的廣場的，可是楊太太並沒有在那。

「您是說，楊太太在那裡等嗎？」女大生又問了一次。

「對，她剛剛在那的。會不會因為衣服髒了，所以上去換衣服了？」

「……你說你是千莫的鄰居，是住在她們隔壁嗎？」

她在警戒，也在確認，真是個夠機伶的女孩呀。

「是啊，我們幾乎每天早上都會在電梯遇到，對吧？」我問楊千莫，她點點頭，而我注意到原本牽著她的手的女大生握得更緊了。

就在我們過了馬路以後，女大生忽然停下腳步，抓住楊千莫的手說：「我看我們還是回去便利商……」

「千莫！」

「媽媽！」

楊太太從角落喊了她，而楊千莫立刻鬆開女大生的手，然後往楊太太的方向跑去。

一見到楊太太，女大生緊繃的神經鬆了下來，還吐了一口氣。

「哎呀，小琴，妳也過來了呀？」楊太太說。

「對啊。」大學女生乾笑了一下。

「謝謝你幫我帶千莫過來，向先生。」

「不會，舉手之勞。」我微笑。「那我要再去買晚餐了。」

「真不好意思。」楊太太牽住了楊千莫的手。

「不會，是我不好意思。」我又說，才轉身離開。

「那我也先走了。」小琴對楊太太行禮，然後追上了我。

「對不起，我剛才……」

「妳以為我是壞人嗎？」

被我看穿了的小琴有些不好意思，而我聳肩道：「沒事，謹慎是好事。」

她鬆了一口氣。「嗯，畢竟千莫的安全我也要負責呀。」

「那我要在這邊買晚餐，妳呢？」我在剛才的羹湯店停了下來。

「我要回去念書，對了，我叫小琴，張小琴。」

「本名嗎？」

「對啊，很偷懶的感覺吧。」

「不會，挺可愛的啊。」我笑著對她伸出手。「我叫向淯。」

「向淯，很高興認識你。」她微笑，似乎認定了我是好人，也對剛才誤會我而感到抱歉。

但她不會知道，女人的直覺，有時候也是很準的。

自從和張小琴有了上次的照面之後，來到便利商店時只要有看見她，我總會和她多聊兩句。

有時候楊千莫過來時，我也正好還在，我們三個人便會稍微聊一下。之後楊先生過來時，我也會順道和他們一起回家。

或許是因為見面的次數多了，加上就住在隔壁的關係，楊先生和楊太太對我幾乎沒有警戒心了，開始會與我聊聊他們的家務事。

例如楊先生是雲林人，楊太太是高雄人，他們逢年過節會輪流去對方的老家，而兩邊的家人都很疼愛楊千莫，時常回去一趟收獲最多的總是她。

不過剛開始結婚時，其實雙方的父母都不喜歡對方，兩夫妻也是一直熬到楊千莫出生後，才有了現在幸福又愉快的家庭生活。

所以說，楊千莫簡直是他們夫妻的最佳禮物，楊太太總是會說：「生她真是生對了，長輩就是想要孫子，不然原本想拿掉。」

而楊先生則會說：「果然有個孩子後，和長輩的關係就會好了。否則怎麼會想要小孩來綁住自己自由的生活呢。」

這些話聽起來有些刺耳，要不是向淯偶而旁敲側擊地說「自己也不想要孩子」、「有孩子人生就會轉變」之類的話，楊先生、楊太太或許也不會開口。

不過，意外的是張小琴也知道他們的想法，只不過不是夫妻倆說出口的，而是楊千莫。

「她小小年紀就知道爸媽的真實想法，不會覺得很難過嗎？」我覺得很訝異。

「女生比你想像得還要早熟，況且楊先生他們也不是不疼楊千莫啊。本來有孩子前後的想法就會轉變，我覺得是還好。」張小琴雖然這麼說，但還是皺了眉頭。

因為無論早不早熟，聽見自己並不是被期待的孩子，也還是會難過的吧？

「那楊千莫本人怎麼想呀？」

「這就不知道了，我總不能問她『妳現在是什麼感覺』吧？」張小琴聳肩，看了一下落地窗的外面。「她來了，不要討論了。」

我看了一下手機時間，還真是準時，楊先生已經把楊千莫送到了便利商店，而楊千莫走了進來，和我與張小琴打了招呼，然後從書包拿出了考試卷。

「妳真是不簡單，每次都能準時交呢。」張小琴稱讚著。

「因為我爸媽喜歡有紀律的孩子。」說完後她聳了一下肩膀。「我也覺得這樣子比較好。」

張小琴看了我一眼，彷彿在說：「你看吧，就說她很早熟。」

但我只是淺笑，不置可否。

一如往常，楊千莫在這與我們聊天，然後等待楊先生來接。但是今天她卻特別坐立不安，時不時看向外頭。

「怎麼了？」

「嗯，我在看爸爸來了沒。」她似乎有些彆扭。

「通常大概都要十五分鐘左右吧？爸爸還得買晚餐呀。可能今天人比較多。」張小琴看了一下手錶。

「嗯……」楊千莫搓著雙手，雙腳似乎也不太安分。

「怎麼了？」我又問了一次。

「啊……妳要去廁所嗎？」張小琴像是忽然理解楊千莫的反應，比了一下後方的廁所。

「我想要回家再上。」楊千莫雖這麼說，但是看起來臉色不太好。

「肚子痛嗎？肚子痛不能忍耶。」張小琴說著就要帶她過去。

「不行，我要回家上！」楊千莫有些大聲。

我大概明白，楊千莫或許是有點潔癖的類型，不能在外面上廁所。我往外張望了一下，還是沒有看見楊先生的蹤跡，於是便說：「不然我先帶妳回去吧？妳有帶鑰匙嗎？」

楊千莫搖頭，於是我起身拿起自己的東西，然後朝楊千莫伸手：「這樣的話就先到我家上廁所，我家不算是外面，這樣可以嗎？」

「咦？」張小琴對於我的提議有些疑惑。

「可以。」但是楊千莫大概是肚子真的很痛吧，她立刻抓住我的手，就要跟我回去。

「等、等一下，還是我跟你們一起……」

「妳不如打電話給楊先生，跟他說我們先回去了。」我牽著楊千莫的手準備要走。

「但、但是……還是等楊先生回來……」

「妳沒看到千莫很不舒服了嗎？」我心疼地看著她。「況且我就住在他們隔壁，不需要擔心，妳忘了上次也不信我？但我其實就只是好心。」

「啊……對不起。」張小琴被我這麼一說，原本還想多做什麼也只能卻步，她點點頭，然後拿起手機撥號。

『哎呀，真糟糕，我這邊還很多人……不然我先過去接千莫？』楊先生在電話那頭說著。

「但是她看起來應該是馬上需要廁……」張小琴緊張地說。

「我受不了，我要快點走啦！」楊千莫忽然哭了出來，所以我也沒空在那邊等楊先生的回覆，也不想避嫌張小琴的猜測。

「楊先生，我先帶她去我那，你回來再來接她。」我在旁邊這麼說，然後就馬上帶著楊千莫離開了便利商店。

張小琴似乎想跟上來，可是我的速度太快，她也來不及收桌上的東西，就這樣我和楊千莫已經在紅燈前過了馬路，等張小琴收好東西追出來，也會被紅燈擋住，無論怎樣，她都追不上我。

這麼謹慎是好事情，會讓人很放心把任何事情交給她。但同時，這樣的人也有一個缺點。

「哥哥，你家有其他人嗎？」在電梯裡面，楊千莫這麼問我。

而我看著頭上的監視器，又低頭看了她說：「我一個人住喔。」

「那你爸爸媽媽呢？」

「他們不在了喔。」我又看了一下頭上的監視器，鏡頭的方向對準鏡子，能從鏡子的反射看到電梯內所有動作。

「他們死掉了嗎？」

「是喔。」電梯門打開，我牽著楊千莫的手往前走。「哥哥家就在那裡。」

「我知道，我家也在旁邊。」

這種人小鬼大的回答，還真是令人有點不爽。

但不知道為什麼，我嘴角揚起了微笑。

「向先生，向先生，你在嗎？請你開門！」楊先生焦急的聲音在外頭傳來，他甚至已經不按電鈴，而是用手拍著鐵門。

我好奇，他那樣手不會痛嗎？

我看了一下手機時間，他拍了三分鐘了，應該足夠焦急，所以我來到門邊，扭開了門。

他一見到我，擔憂的臉轉為高興，但瞬間又升起了懷疑。

「我女兒呢？你為什麼這麼久才來應門？」

「真抱歉，你女兒睡著了，然後我剛才在廁所……」我馬上道歉，還一臉不好意思。「對不起，讓你擔心了。」

聽到我這樣說以後，楊先生露出了略微抱歉的神情，像是在為他剛才過於激動的模樣道歉。

「不，沒這回事。謝謝你照顧千莫，不過她還好嗎？怎麼會睡著？」

「先進來吧。」我側身讓出位置，讓楊先生進來，他沒有猶豫地脫掉了鞋子。「不得不說千莫真是一個乖孩子，上完廁所後她見你還沒來，就拿出剛才小琴給她的考卷開始做，不過她有些問題不太懂，我因為最近也接了小學的家教，職業病……所以稍微教了她一下，然後她可能太累……所以睡著了。」

「原來如此，真的很謝謝你。」楊先生看見楊千莫整個躺在我客廳的沙發上熟睡，桌面上還放著考試卷和鉛筆盒，不由得寬心笑了出來。「真的很抱歉，我太緊張了……」

「沒事，因為我太慢來開門，是我的不對，但是在上廁所……」我有點不好意思。「大概是吃壞東西了。」

「哈哈，真的很謝謝你照顧千莫。」楊先生蹲到了楊千莫的身邊。「千莫，起來啦，我們回家了。」

楊千莫睡得很熟，楊先生搖晃了一下她的肩膀，然後楊千莫才睡眼惺忪地張開眼睛。

「爸爸？」她揉了眼睛，然後又再次瞇眼。

楊先生看了一下桌上的考卷，幾乎都寫完了，他覺得有些訝異，雖然說楊千莫的成績一直都不錯，但是這麼短的時間居然就寫完了一大半。

「千莫呀，妳真的是太累了，快點起來收拾東西，我們回家吧。」他溫柔地笑著，看了我一下。「跟哥哥說謝謝。」

「謝謝老師。」楊千莫忽然對我改了稱呼，這讓我們都有些驚訝。「因為剛剛教我，所以就是老師。」

「舉手之勞而已啦。」我幫楊千莫把考卷都收成一疊，然後交給楊先生，他拿在手上，看著楊千莫慢慢地把鉛筆盒跟其他東西收進去書包。

最後父女牽著手，在玄關穿好鞋子後離開。

關上門後，我將剛才倒給楊千莫的果汁倒掉，裡頭的粉末毫不殘留，我歪頭想了一下，計算著那劑量讓她昏迷的速度以及時間。

但我忽然一愣，這藥是哪來的？我又為什麼會知道要怎麼使用？更重要的是，我迷昏楊千莫想做什麼？

我只是想測試。

測試什麼？

測試看看楊先生和張小琴的反應。

那為什麼要測試？

因為這樣到時候才知道該怎麼做。

做什麼？

我看著鏡子中的自己，他正在笑，明明是我的臉，但是卻不像是我的臉。

「我已經設好餌了，再來就等魚上鉤。」

這句話從我的口中說出，但感覺卻像是從很遠的地方傳來的聲音，我好累，又好睏，總覺得十分恍惚。

為什麼我會這麼做呢？

因為楊千莫和我那時候一樣的年紀，但是卻備受疼愛？不對，即便是不被期待所生下的孩子，他的父母還是愛她了。但我卻沒有。

我知道人生本來就不公平，所以我不會嫉妒她。只是當看見她理所當然的態度，還有不知感恩的想法，才會突然讓我覺得很不爽吧。

在楊千莫進到我的租屋處時，她又接續剛才的話題問：「你爸爸媽媽死掉了嗎？為什麼？」

「他們發生意外，火災。」我回。

「是喔，真羨慕呢。」

她的回覆讓我瞪大眼睛。「怎麼說？」

「啊，廁所在哪裡？」她壓著肚子，我比了角落，她立刻放下書包跑去。

在她待在廁所的時候，我順手翻了一下她的書包，我只是好奇而已。

裡面除了有課本和考試卷外，還有一個明顯看起來就是私人的筆記本，我一邊注意廁所的動靜，一邊拿起筆記本觀看。

裡面是楊千莫的小女生日記，提到她是如何不高興爸媽總是說生她生對了，說阿公阿嬤喜歡她很好，說什麼她以後都要陪阿公阿嬤，因為那就是她出生的目的。

『父母養育孩子天經地義，對待孩子好也是理所當然。本來生了就是要養，就是要疼。我討厭班上同學總是說我爸媽對我很好，那不是應該的嗎？他們對我好也是有條件，就是我要能成為阿公阿嬤內心的好孫女，大家都沒看見我是班上寫最多考卷的人嗎？下課也沒能休息，就是一直在寫！我真的好討厭生活在這個家庭，看起來和樂融融，但其實我很痛苦！』

我翻頁。

『我希望爸爸媽媽死掉，反正他們說我是為了阿公阿嬤才出生，那我也不需要爸爸媽媽。』

『爸爸昨天買了新洋裝給我，媽媽帶我吃了牛排。哼，本來就要對我好，畢竟我是阿公阿嬤的「寶貝」。』

『我還是要當乖女兒，不能讓爸爸媽媽知道我的想法，這樣才會有新的玩具、衣服跟 iPad，最近新出的手機我也很想要，要想辦法讓他們買給我。』

『超討厭寫考卷，但是最近班上轉學生發現我有很多考卷，她也很有興趣。所以我都會把一半給她練習，讓我自己少寫一些。那個小琴姊姊根本就沒認真在看我的考卷吧？字跡不一樣那麼久了，她都沒有發現。』

整本筆記充滿著對生活的不滿、對爸媽的不滿、以及自己被當公主寶貝是理所當然的想法。

握著筆記本的手微微發抖，想當初我要的只是最基本的，想要我的父母愛我，但是他們完全做不到。

反觀楊千莫明明已經擁有了一切，卻還是抱怨連連，像這種身在福中不知福的人，跟是不是小孩沒有關係，就是頑劣的靈魂。

我將筆記本放回去後，來到廚房倒了果汁，並且從上頭的櫃子拿出白色的粉末藥物。

我不知道為什麼這裡會有藥，也不知道這東西的作用是什麼，就只是很自然地將那藥粉倒入果汁裡，之後在楊千莫出來時，問她需不需要幫她看一下考試卷，她一開始說回家寫就好，我說我可以直接告訴她答案，讓她輕鬆一點。

小孩子在這方面還是有些天真，我只不過多說了一句不會告訴她爸媽，她就把考卷拿出來，填上我告訴她的答案了。

接著她喝了果汁，很快就睡著了。我計算著時間，聽到了楊先生的電鈴聲，就坐在旁邊看著楊千莫的反應。

她睡得很沉，但之後楊先生搖晃她，她便醒了。

他們離開後，我將楊千莫熟睡的時間、這次用的藥量，記錄到了我放在桌邊的筆記本上。

這裡記載了各式各樣的用藥，還有實驗結果。

但我為什麼會有這個本子，我還真的不知道。

自從上次「教」過楊千莫功課以後，楊千莫便時常來找我寫考卷。當然，我是直接告訴她答案，這樣她就不需要動頭腦了。這是我們之間的祕密。

而她的父母也因為多次相處下來，對我放心不少，甚至認為我就住在隔壁，對他們來說很方便，跟我商量過幾次後，便決定讓我當楊千莫的家教。

「反正張同學也是只能出考卷，沒辦法教她。話說回來，直接幫她上課不是比出考卷還要容易嗎？」楊先生說出了這樣外行的話，我也只是笑笑地沒有回應。

我不能讓自己成為楊千莫非父母的唯一往來大人，所以我拒絕了。

楊千莫還是維持著到便利商店拿張小琴的考卷，有空的話再來我這邊寫答案的模式。而後，我便直接在便利商店和張小琴聊天，等楊千莫來拿考卷後，楊先生或是楊太太都會放心地讓我直接帶她先和我回到租屋處，等他們買好晚餐再過來接。

要讓人卸下戒心不容易，但一旦卸下了，就會全然相信那個人。

＊＊＊

那一天的契機，是這樣被造就的。

我有份開會的報表放在隨身碟內，而我早上明明就帶出門了，可是到了公司卻找不到，我才想起早上在電梯裡時有翻找包裡的東西，所以下班後回到家裡，先問了有沒有人撿到隨身碟，之後才問管理員是不是能調閱監視器。

「我們監視器壞掉了啦，廠商下禮拜才會來修理。」

那瞬間，我的腦中好像有什麼東西連接起來了，我感覺像是觸電一樣渾身酥麻。

這不過是，再平凡不過的一天。

所以我知道，就是明天了。

一切彷彿早已存在於我的腦中，我只需要付諸行動即可。

好像過去我一直否認，一直不去看的東西，豁然開朗了。

隔天我從床上起來，從鏡子裡面看見了自己，然而我的全身都被黑影纏繞，幾乎連臉都要被掩蓋住。

一直以來只在身邊晃盪的，父母的黑影，什麼時候已經不再出現，就算出現了，也不會說話了呢？

每每我從那黑影之下看到的，我的五官，都是微笑著的。

還是說，這黑影自始至終，就不是父母，而是……

忽然，我想起古子芸姊姊的那句話，我很棒、我做得很好、我很勇敢、我辦得到。

這句話彷彿帶給我動力以及力量，讓我對自己接下來要做的事情感到信心滿滿。

我的腦中彷彿知道我將要做些什麼，但是我卻無法深切地參透。但我還是起身盥洗完畢，然後在楊先生他們出門的時間也踏出房門。

「向先生，早安。」

「老師早安。」

「早安啊。」我微笑著，我們各別鎖上自己的房門，然後一同前往電梯，一路上我們有一搭沒一搭地說話，近了電梯後，我趁楊先生不注意時，用一張早就準備好的紙條碰了楊千莫的肩膀，她看了我一眼，而我看了楊先生一眼，示意她不要被發現，所以她快速將紙條塞到提袋裡面。

電梯抵達一樓，我對他們兩個點頭微笑後離開，而他們繼續往地下停車場去。

我覺得全身活力滿滿，而且興奮難耐，一整天心情都愉悅得忍不住一直哼歌，連同事都問我是不是中樂透了，才會這麼掩蓋不了好心情。

「今天有好事情發生。」

「什麼好事？分享給我聽一下吧，上班有夠累的。」

「家裡會有人等我。」

「誰？女人？」

我微笑不語，換來同事的幾聲謾罵。

等了一整天，終於等到下班時間，我快速地收好東西就要下班，連卡都打得剛剛好整點。

心跳飛快，我彷彿聽得見血液奔騰的聲響，在公車上我忍不住抖著腳，打開包包看著綁在裡頭的針筒，裡面是我在公司先準備好的瀉藥液體。

勾著嘴角，我比平常還要早來到了便利商店，張小琴正坐在老地方念書，而我進去後買了一碗紅豆湯甜點，我看張小琴喝過好幾次，所以絕對不會被拒絕。接著我請店員加熱，自己也買了一瓶飲料。

在端著紅豆湯走到座位區時，於轉彎處監視器死角的位置，我將針筒裡的瀉藥注入進去，轉彎後順手把針筒丟入我的大包裡頭。

「嗨，你今天也來了？」張小琴見到我後揮手跟我打招呼。

「我今天要趕明天公司開會的報表，所以急著回去，買了杯提神飲料。」我搖晃了一下手中的飲料，但同時也抬起紅豆湯。「但是看到妳今天依舊在這認真念書，就覺得要來幫妳加油一下。」

「這麼客氣做什麼，那我應該也要買一碗給你啊。」張小琴笑著收下了紅豆湯。

「不了，我不喝紅豆湯。」我露出稍微有點嫌棄的表情。「就這樣吧，給完妳這個我就要走了。」

「謝謝你啦，下次換我請你。」張小琴開心地接過了紅豆湯，然後拉開了上面的蓋子，在我離開便利商店後，我又往落地窗看一眼，確定張小琴已經開始吃了。

與管理員打了招呼後，我進到電梯，回到家裡。

再來，我就只需要等楊千莫過來了。

紙條上的內容，是要楊千莫今天拿完考卷後直接來我家，因為晚一點有事情，所以只有十分鐘的時間。

我設想的理想狀況是，準時的她會先到便利商店拿考卷，而根據瀉藥的程度，張小琴應該可以在楊千莫拿到考卷後，肚子忽然絞痛到不能忍受，於是她會需要馬上去廁所。

可是，楊先生不會那麼快就買好晚餐到便利商店，但我又告訴楊千莫我只有十分鐘。已經習慣考卷都是我寫的她，一定會很焦急在這十分鐘內趕到。

所以，她會自己離開便利商店，然後來到我這。

這是我最理想的狀態，用這樣的方式，抓到她。

其中只要有一個環節不對，就全部都沒辦法實現了。

但是當電鈴聲響起時，我想，連神明都站在我這邊吧。

這是神明允許我所做的事情！

我很棒、我做得很好、我很勇敢、我辦得到。

第八章　結束

『楊小妹妹失蹤已經三天了，楊家父母心急如焚，警方擴大追查，找尋住家附近曾有過綁架兒童或是性騷擾兒童前科的犯人，但目前依然一無所獲，若是您有見過楊小妹妹，請撥打專線號碼……』

「我們跟人無冤無仇，到底是誰帶走了我們的女兒？」

短短三天，楊先生已經消瘦一圈，而楊太太更是好幾次暈倒，兩個人都食不下嚥，更是哭到眼睛都流不出淚了。

「不要放棄希望，一定可以找回她的。」我安慰著他們，今天下班後，我也陪他們一起到處找尋楊千莫。

事情是這樣的，根據便利商店的監視器畫面，楊千莫一如往常到了座位區，和張小琴交換了考卷之後，又聊了一下，期間張小琴坐立難安，似乎一直往外面看，之後和楊千莫說了幾句話後，直奔廁所。楊千莫則在張小琴去廁所後沒多久，就離開便利商店了。

管理員說，他有看見楊千莫進到大廳，但是那時候正好有外送過來，所以他沒有注意到楊千莫是不是進去電梯，或是有沒有其他人跟著她一起。好巧不巧大廳和電梯監視器也壞掉了，每層樓更是沒有監視器追查楊小妹妹的去向。

當然楊氏夫妻也問過隔壁鄰居向淯，也就是我。我自然是沒見到她，張小琴當天稍早雖見過我，但也看見我離開。

於是，楊千莫的去向成謎，警方與社會輿論都支持搜查我們整棟大樓，畢竟楊千莫就是在大樓內失蹤的，誘拐者一定是同棟大樓的人。

而我當然也是同意警方搜查，畢竟這時候拒絕的話就顯得可疑。

以前電視上寫警方有時為了排除嫌疑，會使用測謊，但是測謊不是百分之百準確，且並不代表實質證據，只是一種自由心證。而大家都會說，若是不願意接受測謊，就是心裡有鬼，因為要是問心無愧的話，怎麼會怕測謊呢？

但是拒絕測謊的原因有很多，因為心理的狀態有很多種，要是你正好在想別的事情，導致關鍵問題沒有通過，就會被冠上可疑的標籤，與其自找麻煩，不如拒絕得好。

所以，有些人也會因為隱私而拒絕警方入內搜索。

而我既然表示問心無愧，也就讓警方入內搜查，但警察只是大概看過一圈，先入為主地認為我光明磊落，並沒有特別仔細，所以他們當然不會發現楊千莫曾經存在過的痕跡。

一個失蹤的人存在我家裡有多後患無窮這種事情我還是知道的，所以並沒有久留。

基本上，我不太記得自己做了什麼，我只覺得在某個瞬間，我嫉妒楊千莫，覺得她擁有這麼好的父母與家庭，卻不懂得珍惜，還說些什麼大言不慚的話。同時又感到好奇，裝得如此成熟的她，哭著求饒會是什麼模樣？

我總感覺她好像對我說了一些什麼話，激怒我的、聽起來很討厭的，可是我忘記了，我只記得自己身為大人，應該要好好教訓她，所以我動手推了她。

很輕的，真的很輕。

但等我回神的時候，她已經面目全非躺在我面前，全身都是血，而我的拳頭上也都是血跡。我看了一下時間，也不過她來按我家電鈴後的半小時而已。

我不確定她有沒有慘叫，也不確定有沒有人聽到，更不確定她還有沒有活著。

可是我忽然發現，自己所處的房間周圍都貼滿吸音棉，我好奇打開了房門，發現這是在廚房旁邊的房間。

我什麼時候把這間房間貼滿了吸音棉？這個房間原本的功用是什麼？我不記得，但為什麼我從來沒有質疑過這個房間的存在？

頓時間，一些零散的記憶浮現，我回到這奇特的房間，打開旁邊的櫃子，裡頭放著黑色的衣服，以及一些存放在夾鏈袋裡的頭髮或是指甲之類的東西。

「我很棒、我做得很好、我很勇敢、我辦得到。」

我喃喃自語著，然後聽到了沒關好的門縫外傳來電鈴聲音。

於是我果斷地走到廁所，趕緊把手洗乾淨，洗臉盆裡流轉著紅色血液，或許是因為還很新鮮熱騰騰的，所以很快就洗掉了，我擦乾淨後馬上去開門，但是電鈴在這之間已經按了四、五次，我站在門前想了一下，把褲頭解開，然後走回浴室後用急忙的跑步聲來到門前，一邊開門一邊穿好褲子。

「向先生！不好意思打擾你了！」楊先生焦急地站在門外，而我則露出尷尬又禮貌的微笑，一邊穿著褲子一邊開門。

「抱歉，我剛好在廁所……怎麼了嗎？」

「我女兒不見了！千莫不見了！她有沒有來你這裡？」楊先生往我屋內探看，而我也沒有遮攔。

「沒有，她沒有過來，怎麼回事？為什麼不見了？是在哪裡不見了？」我甚至請他進屋。

「她去小琴那邊拿考卷，結果小琴出來以後，千莫就不見了！我以為她回家了，可是她沒有鑰匙，管理員也說看到她了，但是就是沒……她真的沒有來你這裡嗎？」楊先生對我充滿了懷疑。

「真的沒有，如果需要幫忙，我可以一起陪你找。報警了嗎？」我表現得坦蕩，楊先生朝我的房間望去。

「我可以看一下你房間嗎？」

我挑眉，不行啊，她的屍體，應該是屍體了？現在就正躺在那個忽然出現的房間裡面啊。

可是不知道為什麼，我沒有害怕的心情，反而十分鎮定。

「當然沒問題，如果這樣能讓你安心的話。」我說著，沒有什麼好隱藏的。

楊先生真的往前走，他先是看了浴室，又看了我的儲藏室，再看了我的房間，最後他的手停在那間房間的門把上。

「這裡也可以打開吧？」

「可以。」我說，覺得自己心跳飛快，一種前所未有的刺激與期待衝上我的心頭。

打開吧！看見吧！

要是看見你女兒的屍體，你會有什麼反應？

你會崩潰嗎？

你會揍我嗎？

你會怎麼做？

我貪婪地露出了笑容，看著他的手轉動了門把。

「我很棒、我做得很好、我很勇敢、我辦得到。」

我輕聲地說。

「這是……」楊先生瞪大眼睛，看著房內的模樣。

我站在原地等著，而他回頭看我：「這房間是做什麼的？」

奇怪了，這下子換我疑惑，他沒有看見楊千莫嗎？

於是我也走過去，四周牆壁一樣貼滿了海綿，可是沒有屍體，也沒有血跡。

這是怎麼回事？難道我剛才看見的都是幻覺？

可是我手指節還傳來火辣辣的刺痛，而剛才洗手的濕潤也還在掌心。

「這是我之前彈吉他專用的房間，怕吵到大家才這樣設計。不過彈得不好，後來吉他也賣了。」我的謊言為什麼可以說得這麼順口？

「我還不知道你會彈吉他。」

嗯，我也不知道。

「這就是吸音棉的功效啊……話說回來，你報警了嗎？」

「還沒，我想說才不見沒多久……不是要二十四小時……」

「已經沒有失蹤二十四小時才能報警囉，發現不見就可以馬上報警，況且千莫也不是會離家的類型，所以必須快點報警。」我說完就拿出口袋的手機，而楊先生愣愣地看著我報警。

這時候他才想到要通知楊太太，總之一陣兵荒馬亂，後來我陪他們出去到處尋找楊千莫，張小琴也加入其中，可是一無所獲，只得各自回家。

我實在想不透，我明明在房間看見楊千莫屍體，然後才聽見電鈴聲音，為什麼會在楊先生進來後屍體就不見了。

當我回家以後，我脫掉了衣服準備洗澡，來到我房間打開衣櫃時，碰的一聲，楊千莫略微僵硬的屍體掉了出來。

「啊，在這裡。」我是什麼時候移來這裡的？在我聽到電鈴聲後嗎？

但是血跡又要怎麼解釋？啊，我的吸音棉是紅色的，地毯也是紅色。味道呢？我又走回那間房，是有股怪味，但也不會很明顯。
於是我看著倒在地上，臉上都是乾枯血液的楊千莫。
「屍體要怎麼辦？」我思索著，雖然小孩的體積不大，但畢竟是屍體，也是很麻煩的。
我腦中忽然湧出了許多被肢解的屍塊，最後浮現了羅小旻的頭顱。
「原來是我殺的啊……」
真是奇怪，為什麼現在才浮現這樣的記憶，但是我並沒有感到衝擊，明明是才剛想起來的事情，怎麼會這麼平靜呢？
「我知道該怎麼做。」我說著，從那貼滿吸音棉的房間拿出防水圍裙，大的防水布，還有一把剁骨刀，我為什麼有這些東西我都不知道，但是我卻熟悉的從某個箱子內拿了出來，彷彿呼吸那樣自然。
然後，我的腦中出現了肢解的知識，於是，我就順著那些浮現的畫面，慢慢地將小小的楊千莫，弄成更小的楊千莫，然後分批帶出家裡，丟到水溝、草叢、垃圾桶之類的地方，花了好幾天，還將她冰在冰箱預防發臭。

處理屍體，也是很不容易的。

就在屍體快要丟完的時候，我的電鈴響起了。

打開門，居然是老葉站在外面。

「好久不見。」他微笑著，眼角的皺紋看起來礙眼。

「我可不想見你。」我說。

「別這麼說，讓我進去吧？」老葉說著，而我拒絕。「容不得你拒絕喔，這次我有拿到搜索票。」他亮出手裡的紙張，與此同時，幾個警察從旁邊魚貫湧入，我驚訝地阻擋。

「怎麼回事？為什麼要進來？我做了什麼嗎？」

「你自己應該很清楚啊，你明明很小心的，但是百密總有一疏，為什麼你要分那麼多次丟？」

「我聽不懂你在說什麼。」我感覺自己腦中有東西逐漸崩塌，在警察打開我的冰箱，看見楊千莫的頭顱時，我眼前一黑，暈了過去。

我看見大學的古子芸姊姊，我正和她在她的家裡吃著點心。

「向淯，你以後想成為怎樣的人？」她問我。

「不知道。」有沒有以後，我都不知道了，更別說期許自己變成什麼人。

「你可以想想看啊。」

「我想不出來。」

「那我來幫你想。」古子芸姊姊把她自己的蛋糕遞給我。「我希望你成為一個不會被欺負的人。」

「我也希望。」但是無法想像。

「可以的，你一定可以。」古子芸姊姊對我微笑。「我相信。」

我不確定這段畫面是存在真實的記憶，還是此刻的幻想。

我很棒、我做得很好、我很勇敢、我辦得到。

當我醒來的時候，發現自己躺在醫院，手則被銬上手銬。

「你醒了啊？」老葉和小蔡就在我身邊，小蔡看的我的表情像是在看什麼髒東西一樣，這讓我十分疑惑，而老葉則打開了我眼前的電視。

『持續為您報導轟動臺灣社會的連續殺人魔，向淯的後續消息。經由警方在屋內搜刮到的受害者遺物，能確定至少有七名受害者，警方正逐一清查從以前到現在，向淯周邊朋友發生的不幸事件是否與他有所牽連，據了解，向淯的父母在他年幼時就因為一場意外逝世，如今警方也懷疑並不單純，打算近期重啟調查……』

我瞪大眼睛看著電視，又看向老葉。

「我？」

「對，你。」老葉的表情變得嚴肅。「我一直都知道你有問題，但沒想到你殺了這麼多人。」

「我沒有！我沒有殺人！」我大叫著反駁。

「放屁！我們在你冰箱裡發現了楊千莫的頭顱，還發現了她其他的屍塊，你要怎麼解釋？」小蔡的身體微微顫抖，他充滿指責，可是他所說的話我一句也聽不懂。

「什麼？殺人？頭顱？屍塊？」

「別裝蒜了，罪證確鑿。」

「不是，我真的不知道你們在說什麼，你們忽然闖進我家，然後指責我是兇手？我沒有殺人，我不是一直都告訴你們，我沒有殺人嗎？」

「就說你再裝就不像了！」小蔡怒吼。

「我真的是無辜的！我不知道你們在說什麼，我冰箱怎麼可能有什麼屍體！還有我又怎麼可能殺我父母，我發誓我真的是冤枉的，我完全不知道！」

我大吼著，覺得非常委屈，同時也很驚慌。

因為我真的，一個字都聽不懂。

我從小就被虐待，好不容易從父母的死亡中解脫，但是好長的時間都走不出來，身邊的確很多朋友遭逢意外，可是那不是我的問題吧！我甚至還遇到了以前欺負我的鄭一濬，他確實也死了，但是跟我沒有關係啊！

現在好不容易一切上軌道，我卻被誣陷成連續殺人犯？

「我真的，沒有殺人！」我認真且嚴肅地告訴他們這件事情。

「你胡說……！」

「等等。」老葉阻止了小蔡的話，他看向我。「你沒有說謊？」

「我沒有說謊！」

「那你願意測謊嗎？」

「我願意！」我大喊，只要能證明我的清白，我什麼都願意做！

「好。」

老葉很快安排了測謊，讓我在戒備森嚴的單人病房內檢測。

結果，我通過了測謊。

我不是連續殺人魔。

我眼前的放映電影在此結束，再次睜開眼睛，又回到了實驗室裡頭。

古子芸姊姊站在我面前，一臉憂愁。

「你都想起來了吧？」

「怎麼可能，我不是殺人犯啊！我測謊過了啊！」我的聲音沙啞無比，我的記憶只到三十多歲，但是我的面容卻超越了三十、四十。

「終於都還原了嗎？」熟悉的聲音傳來，我往自動門的方向看去，一個坐在輪椅上的面善老人，由另一位與我年紀相仿的男人推進來。

「你們是……！」我驚訝喊，雖然面容蒼老，但我還是一眼就認出來，那是老葉與小蔡。

「這麼多年，你始終不肯透漏作案手法還有屍體去處，即便證據確鑿到你無可辯駁，但是家屬還是要知道真相，知道他們的家人到底遭遇什麼事情！」老葉怒不可遏。「我終於在有生之年，可以還給受害者家屬公道。」

「我沒有殺人啊！那些記憶到底是哪來的？姊姊，我沒有、我沒有……」我用力搖頭，對著古子芸姊姊說，全世界的人都誤會我沒關係，只有姊姊絕對不能。

可是，我從姊姊的眼底看見了失望。

她嘆息搖頭。「向淯，我真的很想幫你，可是大腦是不會騙人的，我所研究出來的機器更是會還原你腦中深層的記憶……」

我睜圓眼睛，怎麼可能……

「你明明殺人了，我們也找到證據了，但是你和其他口口宣稱自己無辜的狡猾罪犯不一樣，你是真的不知道、真的不記得，我們不得不朝你精神方面的問題去猜想，是不是有所謂的解離症。」

講白話文，就是我有殺人魔的人格去殺人，但向淯的身分是擁有正常思維的人。

「這種荒唐的事情有可能嗎？」我看著姊姊想找尋一絲希望，但只換來萬念俱灰的回答。

「經由我們分析……是這樣沒錯的，向淯，從小的人生經歷造就你不同人格，你所看見的黑影就是驅使你犯罪的一種象徵，那不是靈體也並非真實存在，就只是你的人格轉換象徵……你並非有罪，但也不是無罪，犯錯的是你另一個人格，並不是你，但可惜的是身體只有一個，你還是必須負起責任……你另一個人格似乎在被抓到時就已經消失得無蹤，只換來什麼都不知道的你，而後無論怎麼要你說出犯案過程，還有一些發生在你身邊的犯罪是否與你有關，都問不出所以然，所以才會造就現在……你在我這邊……」

「事實上，也是古子芸小姐主動聯繫我們。」當年的小蔡也已經不是菜鳥，說起當時的事情。

他們聯繫上古子芸姊姊後，得知了我的過去，當然姊姊說了我不可能犯案，但是似乎欲言又止，雖然老葉他們很好奇，但也沒有多問。

姊姊當時特意告訴警方，不會見我，除非我洗清嫌疑，這就是她相信我的證明。

但是當她從新聞上看見我被逮捕的消息後，主動找上了老葉，說出了她當時的疑惑。

「向淯的過去，很有可能會造成他為了保護自己而衍生出的另一個自己。」是姊姊先提出了解離症的可能，根據她當時的醫學背景，還有老葉憑著多年辦案的直覺，在逮捕我時見到我那清明的雙眼，了解到這可能性很大。

姊姊說，她從高中時輔導我，就曾經覺得有些奇怪，我有時去保健室睡覺時會忽然醒來，可是醒來的我表情與平時不同，就只是看著前方沒有任何動作，過沒多久又躺下入睡，姊姊曾經和忽然醒來的我搭話，但是我都沒反應。

有次，她開口問：「你是誰？」的時候，「我」終於有了反應，轉過頭看著她不斷笑，她說那個笑容很詭異，不是我，是另一個人。

再次清醒後的我，看起來沒有那段記憶，古子芸姊姊也就隻字不提。

多年後她再次於餐廳遇見我，感覺我的神色有異，但是她刻意忽略，也不想去查證自己內心的聲音，認為是她的多心，希望我能幸福快樂，所以她才要我鼓勵自己，給了我那句話。

我很棒、我做得很好、我很勇敢、我辦得到。

然而，我卻用錯了地方，在每每傷害他人時，用這句話來鼓勵自己。

「對不起……姊姊，對不起……」我聲淚俱下，縱使我沒有記憶，但是從腦中挖掘出來的影像證明，我確實殺了人。

「你腦中的密室，就是你深層的記憶，只是讓你用那樣的方式呈現出來。而角色對應的死亡方式，都符合現實。黑影就是你殺人的模樣，以你腦內的畫面去對照現實，拼湊出真相。」古子芸姊姊哀淒地說：「我真的想幫助你，向清。」

「姊姊，我沒有臉見妳……」即便我沒有記憶，但我確實犯錯。

「……你殺人了是事實，但你也算是受害者……」老葉第一次流露出了對我的憐憫。

「你已經關押幾十年，受到獄友的暴力對待，也參與諸多實驗，直到古小姐這項研究的發明，才有辦法還原真相。」小蔡說。

「那從今以後……我將帶著這些殺人的記憶活下去嗎？」明明不是我做的，但卻又是我做的。不像是我的記憶，卻又是我的記憶。

為什麼我會遭遇這樣的事情？

他們三個都沒有給我回覆。

「我的父母……也是我殺的嗎？」

「恐怕是的，他們是你的第一個被害人。」古子芸姊姊難受地表示。

我忍不住淒楚地笑出聲音。「要是他們不虐待我，或是當初就把我打死，是不是就沒有今天這一切了？」

「不用去探究其他可能性了，這樣你會比較輕鬆。」年邁的老葉說著，揮了揮手，小蔡便推著他離開了。

「向湇。」古子芸姊姊來到我面前。「對不起。」

「是我對不起妳，姊姊。妳拯救了我，而我卻不長進。」

「這不是你的錯。」她握住我的手。

「這套探究人內心世界的機器……是一個了不起的成就。」我扯了嘴角，「我是妳這臺機器的第一個使用者嗎？」

她艱難地點頭。

「太好了，我有幫上妳的忙了，因為我實驗的成功，能讓妳青史名留吧？」

「向湇……」古子芸姊姊眼眶含淚。「我真不想用這樣的方式和你重逢，也不想讓你經歷這一切，更不希望我的成功是建立在你身上……」

我看著姊姊，她為我做了多少，如果說我這如狗屎般的人生能有什麼稱得上是好事的話，那一定就是與姊姊的相遇了。

「謝謝妳……姊姊。」我將對她的愛慕放在心裡，這就是我唯一能報答的方式。

畢竟被我這種殺人犯所喜歡，對她而言一定是種困擾。

『醫學與科技上的重大突破，根據古子芸基金會創辦人古子芸的發明，挖掘出臺灣幾十年前的一位連續殺人魔向淯的犯案過程，再配合警方調查到的事實，還原了所有真相。此項發明不只可以運用在犯罪的還原現場，亦可使用在植物人或是失智症患者身上，無奈之前因為人權問題，無法真正做人體實驗，如今臺灣法律經由重大改革，重大犯罪者一律不在人權保護範圍內，使得一直處在死刑名單上的向淯作為此項實驗的第一選擇，而如今證實了古子芸創辦人空前的成功，今天基金會的股價更是來到前所未有的新高，這將是創造了歷史的瞬間……』

在黑布套到我的臉上前，最後的畫面是古子芸姊姊站在鎂光燈下受到祝福的模樣。

如果可以，我也想拿著花祝賀她。

可是我沒有資格，但若是我能成為她成功路上的推手，那我也心甘情願。

『而今天，除了是見證歷史一刻的特別日子，同時也是向湞這位占據最該處死榜單上的殺人魔伏法的日子。這麼多年來，受害者的家屬們終於可以稍稍得到些安慰。』

我閉上眼睛，面對死亡我並不害怕，相反得我感覺到解脫。

臉被黑布全部蓋上，感受到針扎進我的皮膚，那冰涼的液體注入至我的靜脈，我彷彿能夠清楚感覺到身體靜脈分布位置，然後來到心臟。

明明閉上雙眼該是漆黑，可是我卻見到了白光，在白光的終點，有一張床，是高中保健室的床，穿著制服的我躺在上面，而穿著白袍的古子芸姊姊則坐在床邊看著我。

這一幕看得我揚起微笑，在死前能見到如此懷念的一幕，我也是可以瞑目了。

我在夢中告訴自己，終於可以休息了，我終於能脫離充滿罪惡的人生，以及一場醒不過來的惡夢……

「向清。」在白光中的古子芸姊姊看著床上的我開口。「沒想到催眠這麼有效。」

什麼？

古子芸姊姊的臉上浮現了一抹我從沒見過的陌生微笑，她端詳著我的睡臉，然後低語著：「大學的我太半調子了，還以為失敗了，不過當我得知你父母的死亡，我就知道自己成功了。」

什麼意思？

「向清，純潔的靈魂，是否能透過催眠，成為邪惡的化身？」

妳在說什麼？

姊姊、姊姊！

嗶——

一旁的心電圖轉為一條線，醫生在一旁宣告了向清的死亡。

正義終於獲得伸張，將這窮兇惡極的殺人犯處以死刑，這是普天同慶的一天，沒人為向清的死亡感到難過。

古子芸看著自己獲得的獎杯，還有不斷攀升的股價，以及從助手那得來有好幾家企業表示願意贊助她的研究、她的基金會、她的實驗室等，願意購買她的發明，使得她忍不住微笑起來。

她從來沒有想過，對向淯的催眠會這麼成功。

向淯不是她第一個實驗對象，所以她完全沒放在心上過。她不過是看見一個可憐的受虐孩童，一時興起才把他帶回家，施捨一點食物給他，散發一些善意，就足以讓這小學生對自己充滿感激以及信任。

她讓向淯睡著，用那半調子的催眠方式在他耳邊輕語，那是她大學在研究的項目，催眠能做到什麼程度？

會有這個想法，是源自於以前一項駭人聽聞的手術——前額葉切除術，聲稱可以治療精神病患者，能讓人消除暴力、鎮定衝動。然而被切除的人會變得冷漠無情，有些時候損害人的智力與個性。

而失智症的患者，也都是由於腦部的病變導致。暴躁的人則可能是杏仁核功能障礙，而杏仁核損傷的人有情緒性記憶、性慾、社交行為問題。其他腦內的各部分變化，更別說是一些謀殺犯，腦部的灰質與角迴功能不健全、與一般人不同等等。

大腦是個複雜又神奇的地方，唯一可以知道的是，當你的腦與大多數人不同時，你就會不太一樣。

於是古子芸思考，有沒有辦法在不傷害腦部的情況下，去變更一個人的個性？

例如一個純潔的靈魂，善良的孩子，能不能變成傷害他人的殘暴分子呢？

於是，她找上了向淯。這樣一個不被愛的孩子，是不可能被發現有問題的，就算發現了，也不會有人幫助他的。

「向淯，去殺死你的父母。」古子芸在他耳邊說著，但是一直到古子芸搬家，他的父母都活得好好的，所以她認為自己失敗了。

直到多年以後，她雖一直在這一塊鑽研，但卻再也沒有做過人體實驗，用的都是白老鼠們。直到後來她回到當初那棟公寓處理房子的事情時，順便打聽一下當初住在對面的人時，才從鄰居嘴裡知道了那對夫妻死亡的事情。

頓時，她感到興奮的顫抖。

她想起了向清。

她要確認，是不是她的實驗成功了，是不是當時的她確實辦到了，所以向清殺了他的父母。

於是她找到了向清，本身就是相關科系的她，再動用一點關係，很輕易就進入了向清的高中任職。

一開始，當她看見向清被欺負時，她還以為自己多心了，那對夫妻的死亡只是剛好，因為向清還是以前那小可憐的模樣。

可是很快的，當向清來到保健室入睡時，她再次於他耳邊輕語，向清張開了眼睛坐起來，兩眼無神，就如同小時候一樣。

古子芸雙眼亮了起來，她成功了，她的催眠讓一個正常的人產生了暴力因子。

當向清使用激烈手段對抗那些人的時候，古子芸知道該是自己退場的時候到了。

在她離開以前，她又對向淯下了催眠。

「向淯，你愛著我、喜歡著我，你會一輩子想念著我，當你想念我的次數到達一定的程度後，你會傷害人，當你見到光亮與希望時，你也會傷害人。然後有一天，當我再次出現在你面前……」古子芸瞇起眼睛。「那就是你開始殺人的時候。」

可以靠催眠，讓一個正常人開始殺人嗎？

因為殺人是一件很嚴重的事情啊，一般人根本無法承受，那所帶來的震撼足以讓一個人從催眠中醒來。

「所以向淯，你能不能從我的催眠中醒來呢？」古子芸十分好奇。

幾年後，她再次出現在向淯面前，告訴了他那句加強暗示的咒語——我很棒、我做得很好、我很勇敢、我辦得到。

每當向淯低喃這句話的時候，就是不斷加強他腦內暗示的關鍵字句，會讓他更加殘暴、冷血並果絕。

於是，成就了向淯這位殺人魔，同時也使得他不記得。

古子芸的高跟鞋踏在光滑的大理石地板上，來到她的實驗室，指尖滑過了一旁層層的玻璃籠子，裡頭是一隻隻白老鼠，紅色的眼睛看起來純潔又無辜，就像是向淯一樣。

「你們好啊，我的白老鼠們，今天也請多多指教。」古子芸對著那些籠子微笑著。

我的，向淯們。

（全文完）

白老鼠女王

為什麼會對人腦這一塊領域感到有興趣，是因為我的父母。

並不是我的父母也在相關行業，而是因為我的父母十分平庸，所以我有如此聰明的頭腦這一點實在說不過去。因為要是說遺傳的話，那我可能是撿回來的。

總之，我父母是老實人也是好人，他們的心理絲毫沒有一絲邪惡，連看見新聞上的案件都會蹙緊眉頭覺得是天方夜譚。

所以偶而，當我心裡閃過壞念頭時，我都會想說這種程度我父母就會覺得我是被惡魔附身了吧？

而且當時的壞念頭，不過也就只是希望班上某個討人厭的跌倒罷了。

隨著我的年紀增長，我更是對人腦這一塊好奇不已。我記得忘了在哪邊看過，一般人生活了一輩子，大腦使用率不過百分之十，而像愛因斯坦這麼偉大的科學家，不過也只使用了百分之四十。

但，這個論點在我之後找尋理論時，已經被推翻了。

不過我依舊好奇，人腦的極限。一樣是腦，為什麼每個人的智商有落差呢？為什麼每個人情緒管理也有所不同呢？

「催眠？」

「是啊，我們這學期居然加開了催眠課程可以選修，妳有興趣嗎？」我的同班同學白白興奮地詢問我。

「催眠……還好耶。」我興致缺缺，覺得那是旁門左道，一點也不科學。

「催眠很神奇的啊，我前陣子因為好奇，跑去給人催眠看前世今生，還真的看見了東西耶。」

「聽起來好詭異，見鬼嗎？」

「妳相信鬼卻不相信催眠，不科學喔～～」她虧我，我只是聳聳肩。

「所以妳看見什麼。」

「很神奇啊，我看見一個三合院，而且高得誇張，我還以為我是小孩，結果低頭看見自己的腳掌，我的天喔，我上輩子是隻狗欸！」白白的話讓我忍不住笑出來，因為她今生的綽號也很像小狗。

「不要笑啦！我有時候會想，前世的記憶或是妳嬰兒時期的記憶，會不會其實鎖在腦中很深很深的地方，終其一生都沒辦法靠自然的力量想起來，所以這時候借用催眠，或許就能勾起深處的記憶、性格或是什麼的……」

白白的話讓我開始思考，催眠的可能性。

「那我們去上吧。」

「哈哈，有興趣了吧！」

於是，那是我第一次接觸到催眠。

簡單來說，催眠是增強心理暗示，能用來治療也能誘導，或許能幫人回想記憶，但是也有可能會形成錯誤記憶。

雖然現今有許多地方會用催眠來幫助人的心理治療，或是能降低疼痛強度或是減輕慢性疼痛對日常生活的影響。

然而既然催眠療法有效的證據越來越多，為什麼成為主流醫療的過程仍如此緩慢？

因為普羅大眾對催眠的誤解，認為當自己被催眠後，就會被控制。像是可以讓你舉起手啦、讓你睡著啦、讓你走動等。做一些非自願的事情，當然根據研究，在被催眠時腦部的活動方式會與平常不同，當然也跟高度催眠與低度催眠的差異，以及個體是否容易被催眠，還有腦中的活絡區等多方面的不同。

我並沒有打算要鑽研催眠這塊，但我想是不是可以解釋為，催眠是影響了你自己都不會發現的潛意識區塊，而這一塊潛意識將會影響到你整個人的行為。

忽然我有了一點興趣，要是能有人讓我做個實驗就好了，如果催眠了某個正常人，改變了他的性格，使他變得殘暴，那他的腦會有什麼變化呢？

跟正常的腦轉變為灰質或是杏仁核產生的反應，會有所不同嗎？還是說並不會呢？

而我要怎麼不被發現？要如何讓被暗示者能不察覺自己被催眠，然後去行動呢？

「妳在想什麼？」白白問我。

「沒有，只是在思考一些我都還不太懂的事情。」

「妳唯一的缺點就是太聰明了。」白白笑，我也回以微笑。

那一天，我帶著許多不解的心情回到家中，看見了一樓有個瘦小的男孩在那等著。

啊，是隔壁的受虐兒童。

真是可憐啊，這就是運氣問題吧，他運氣不好，投胎到了不好的家庭，要是他是生活在我們家裡，就能有正常的人生吧。

忽然我停下腳步。

那確實是一時心血來潮興起的念頭，我看向他，主動與他搭話。

在他來我們家的時候，我於食物裡下了一點點母親偶而會吃的安眠藥物，看著稚嫩的熟睡臉龐，我在他耳邊輕輕說。

「你的名字叫做向淯，你現在正在做夢。夢裡的你不是很開心，但是又覺得身體十分輕盈，因為你的父母不在你身邊。你遇到了隔壁的鄰居姊姊，你喜歡那個姊姊，她叫做古子芸，她不會傷害你，往後你有事沒事，都可以來找這個姊姊。」

我說完後，不確定向淯有沒有聽見，也不知道我有沒有成功。

不過後來，他似乎的確對我保有敞開心胸，甚至會在樓下等我。每次他來，我都會加強他對我好感的耳邊碎語，我確實不知道這是否有功效，但我也只是死馬當活馬醫。

也許是隨著相處，他本來就會喜歡我這無害的大姊姊。但也許是我的暗示，讓他加速了對我的信任，我並不確定。

要是好感能透過暗示，那惡意呢？

於是，我開始在每一次的暗示之中加入一些不安成分，加入一些殘暴因子，加入一些邪惡想法。

「向淯，你恨你的父母，他們打你、罵你、虐待你，不配當你的父母。要是他們消失，你的地獄才會結束。」

「向淯，你會找到一種擺脫他們的方式，你會聰明得知道如何逃脫，因為你是個孩子，沒人會懷疑你。」

「向淯，只有他們死掉了，你才能有新的人生。」

「向淯，他們傷害了我，傷害了你喜歡的大姊姊，只要他們活著，就會永遠傷害你所珍惜的人。」

「向淯，你會找到方法，殺掉他們的。」

我如此暗示好久，但隔壁的夫妻還是這裡的惡霸。

看來，我的催眠沒有功用。

「不然向淯，你快點長大吧，你長大以後，會做出符合我期待的事情吧？」

這是我最後一次對向淯進行暗示，後來我們便搬家了，看著向淯那小小的身軀，真希望他快點長大。

也許很久以後，他長大了也脫離父母了，我可以告訴他我曾經對他使用這帶有小小惡意的催眠。

不過也許無傷大雅吧，畢竟我失敗了。

這只是一個小小的惡作劇。

（番外篇完）

後記

大家好！終於在實體書與大家見面啦！

也很高興有這個機會能出版成冊，當時有些讀者表明說，要堅決等到實體書出版才要觀看，很期待大家觀看後的感想。

《雙向禁錮》這部作品要把它歸類在哪塊，我也有點猶豫，愛情絕對不可能，靈異成分也沒有，大概就是懸疑推理吧。

不知道最後的反轉，大家覺得怎麼樣呢？

這邊也終於可以和大家解釋《雙向禁錮》這書名的意義了，上集來說，是向湝被禁錮在自己的腦裡，好不容易回到現實，回憶起過往後，卻也發現自己過往一切是被古子芸所禁錮的假象，無論在哪個地方，他的人生都是被困住的狀態。

以前有部電影叫做《致命ＩＤ》，講述一群人因為大雨被困在汽車旅館，卻發生了連續殺人事件，到最後才知道，這群人不過都是某個人腦中的人格，而其中一個人格是連續殺人魔，外界的人希望這群腦中的人格可以找出那個殺人魔，在裡頭殺了對方，讓這個人只留下良善的人格。

以此電影為靈感，寫出了《雙向禁錮》的故事，從人的腦中去追尋逝去的記憶，藉此找出真相。

這有點類似讀心的概念，只是我們找的是連主人都不知道或是遺忘的事情。假設腦子是一個會記錄下各種歷史的膠片，那無論主人願不願意開口，我們都能透過他的腦去知道曾經發生過的事情。

只是說故事探討的點不在這，而是在大腦這複雜的活絡網路之中，有沒有類似暗網的存在，當某種東西在這裡下了暗示，或是放入了病毒，它並不直接破壞到整個腦結構發展，可是卻能影響到系統。

總覺得我在講好難的東西，甚至連我自己都不知道該怎麼說。

簡單來說，一些連續殺人犯或是會犯下難以理解的罪行的人，經由研究，腦部都有與一般人不同的地方。而若是一個擁有完全正常大腦的人，在極度強烈干預與影響之下，會不會也變成了一個殘暴的人呢？

喔，還是要跟大家認真說，在本文當中的番外也有寫到，因為是故事劇情需求，所以才會強化了催眠與暗示的作用。

另外關於封面的細節，大家有發現嗎？

我很喜歡這個封面，無論是網路版本還是實體版本，葉長青老師都畫得十分美麗細緻。

網路版本的《雙向禁錮》，向淯和古子芸是坐在保健室裡頭，而保健室在本文之中，是向淯高中時和古子芸姊姊重逢的重要地方。

而高中版的古子芸手裡抱著白兔，一旁的手機上有白老鼠吊飾，而向淯的肩膀上有白老鼠，這都是一些很細節的象徵。

背景的妖魔鬼怪，手裡拿著各式各樣的兇器，代表向淯體內的黑影與惡意，殺害了許多的人，但那些黑影卻是在保健室的外面，面帶微笑的古子芸並不害怕。

實體書版本的封面更是巧思，上下兩集合起來是一個完整的圖，從網路版本的側臉轉到了正面。古子芸的背後是實驗室，而向淯的背後是密室，腦內與現實的對照，而古子芸手機上的白老鼠依舊存在，其餘的受害者也以腦內的外型出現在背後。

是不是很特別，我真的好喜歡喔！

值得說的一下是，網路版本的後記跟實體書的後記我是同一天寫的，為了要兩邊不重複，我感覺好像把要講的都說完了哈哈哈，最後，希望你們都喜歡《雙向禁錮》，請看完後一定要來和我分享喔！

尾巴Misa

雙向禁錮 下

2023年6月29日 初版第1刷發行

作者　尾巴Misa
插畫　葉長青

發行人　岩崎剛人
總監　呂慧君
編輯　陳育婷
設計主編　許景舜
印務　李明修（主任）、張加恩（主任）、張凱棋

台灣角川

發行所　台灣角川股份有限公司
地址　104台北市中山區松江路223號3樓
電話　(02)2515-3000
傳真　(02)2515-0033
網址　http://www.kadokawa.com.tw
劃撥帳戶　台灣角川股份有限公司
劃撥帳號　19487412
法律顧問　有澤法律事務所
製版　尚騰印刷事業有限公司
ISBN　978-626-352-545-0

國家圖書館出版品預行編目資料

雙向禁錮 / 尾巴 Misa 作. -- 初版. -- 臺北市：臺灣角川股份有限公司, 2023.05-
冊；　公分

ISBN 978-626-352-544-3（上冊：平裝）
ISBN 978-626-352-545-0（下冊：平裝）

863.57　　112003915